洗澡之後

楊絳——著

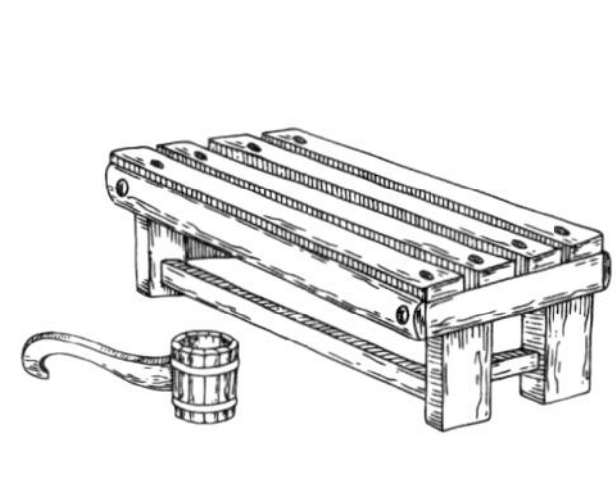

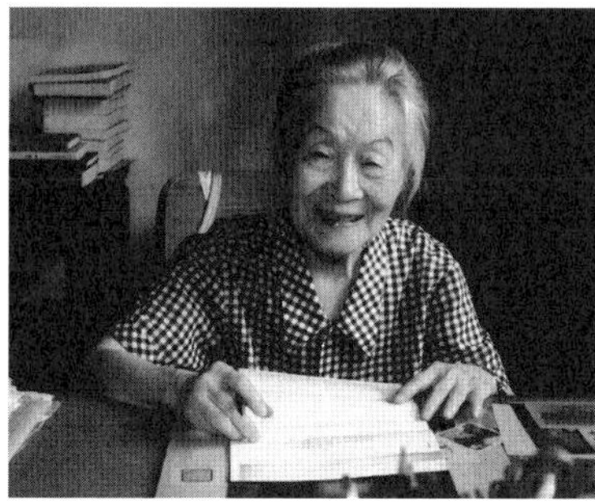

關於作者

楊絳（1911～）

本名楊季康，祖籍江蘇無錫，生於北京。1932年畢業於蘇州東吳大學。1935年與錢鍾書先生結婚，同年兩人至英國留學，1937年轉赴法國。1938年夫婦倆攜女返國，回國後楊絳曾任振華女校上海分校校長、上海震旦女子文理學院教授。1949年後，先後任清華大學教授、中國社會科學院文學研究所研究員、中國社會科學院外國文學研究所研究員。

楊絳早在抗戰時期的上海，就以《稱心如意》和《弄真成假》兩部喜劇成名，後來又出版短篇小說《倒影集》和文學評論《春泥集》，文革後更有膾炙人口的《幹校六記》、《洗澡》、《將飲茶》、《我們仨》、《走到人生邊上》、《雜憶與雜寫》等多部作品問世，逾百歲之齡完成《洗澡之後》。

作品另有《楊絳譯文集》、《楊絳作品集》，譯有《小癩子》、《堂吉軻德》、《斐多》等多書。

目錄

前言

楊絳

《洗澡》結尾，姚太太為許彥成、杜麗琳送行，請吃晚飯。飯桌是普通的方桌。姚太太和宛英相對獨坐一面，姚宓和杜麗琳並坐一面，許彥成和羅厚並坐一面。有讀者寫信問我：那次宴會是否烏龜宴。我莫名其妙，請教朋友。朋友笑說：「那人心地骯髒，認為姚宓和許彥成在姚家那間小書房裡偷情了。」

我很嫌惡。我特意要寫姚宓和許彥成之間那份純潔的友情，卻被人這般糟蹋。假如我去世以後，有人擅寫續集，我就麻煩了。現在趁我還健在，把故事結束了吧。這樣呢，非但保全了這份純潔的友情，也給讀者看到一個稱心如意的結局。每個角色都沒有走形，卻更深入細緻。我當初曾聲明：故事是無中生有，純屬虛構，但人物和情節卻活生生地好像眞有其事。姚宓和許彥成是讀者喜愛的角色，就成爲書中主角。既有主角，就改變了原作的性質。原作是寫知識分子改造思想；那群知識分子，誰是主角呀？我這部《洗澡之後》是小小一部新作，人物依舊，事情卻完全不同。我把故事結束了，誰也別想再寫什麼續集了。

二〇一〇年六月十一日

《洗澡》提要

《洗澡》是新中國成立後首部反映知識分子思想改造的長篇小說，它借一個政治運動做背景，描寫那個時期形形色色的知識分子：他們的確需要改造，然而改造的效果又如何呢？只有少數幾個人自覺自願地試圖超拔自己，如許彥成、姚宓、羅厚等，讀者出於喜愛，往往把他們看作本書的主角。

許彥成是一位舉人女兒的遺腹子，讀大學期間，聰敏又老實的個性被「標準美人」杜麗琳看中，在母親逼婚壓力下，許匆匆和杜結了婚，婚後兩人先後出國留學。全國解放後，許彥成與高采烈回國了，夫妻被分配到文學研究社工作。他對妻子尊重體貼，但杜麗琳有時要懷疑，自己是否眞正抓住了他的心。

姚宓的父親姚謇原是一所名牌大學的教授，因患有嚴重的心臟病，抗戰前夕沒有隨校南遷。北平淪陷後，原有的不少房產祖業漸漸賣光，被人看成敗家子，卻不知他的家產多是通過國學專修社的中共黨員資助了北平地下黨活動。抗戰勝利前夕，姚謇心臟病突然發作去世，太太聞訊亦中風癱瘓，女兒姚宓爲給母親治病，抵押房產，輟學到大學圖書館做管理員。姚謇的「國學專修社」，政府接管後改爲文學研究社，姚宓被安排在該社圖書室工作，就近照顧母親。

羅厚是個「野小子」，和姚宓在大學同班，還是遠親。姚家敗落後，很多事靠他幫忙。姚宓品行純潔，人格高尚，有一種掩飾不住的自然美。羅厚曾爲保護姚宓而與流氓打架，對姚宓崇拜愛護，但兩人沒有想到要談情說愛。

姚宓在工作中常與專家老先生們打交道，看不慣有些人對漂亮女人的饞相，懷疑他們是假道學。但許彥成不一樣，他很有氣度，對她客客氣氣，卻很友好，她對他也不存戒心。彥成常到圖書室來翻書和借書，也欣賞姚宓讀書多，悟性好。他們偶爾談論作家和作品，很說得來。人叢裡有時遙遙相見，彥成會眼神一亮，和她打個招呼，飽含「心有靈犀一點通」的溫情。兩人共同經歷了一場實爲思想改造運動的所謂「洗澡」，互相了解加深。但兩人約好，只做君子之交。

第一部

第一章

姚宓正幫助媽媽整理四季的衣服，把衣服疊在床上，細心地分別裝入姚太太的大皮箱，忽見羅厚抹著汗趕來，先叫了一聲「姚伯母」，然後規規矩矩地等候姚宓放好了手裡的衣服，才試探著說：「姚伯母，我舅舅、舅媽要請伯母和姚宓到我家去住，不知道伯母賞臉不賞臉。」

「你家？你家在哪兒呀？」姚太太笑著說。

「對不起，姚伯母，我在舅舅家住下了，就說成『我家』了。還有更要緊的沒說呢。舅舅說：這一帶房子，地契上全是姚家的，公家徵用了，要給一筆錢。舅舅只怕伯母又不要錢……」

姚太太說：「錢，我不要，我只求老來有個歸宿的地方。阿宓賣掉的那個四合院，我倒常在記掛，阿宓，你還記得嗎？咱們那宅四合院前一進是餐廳兼客廳，東西廂房家裡傭人住。咱們家那時有六個傭人呢。男的住外面的一進。女的跟咱們一起，住裡面的一進。」

姚宓想起往事，不勝感慨。她說：「當時為給媽媽治病，我急得沒辦法了，匆匆忙忙地賣了，現在還買得回來嗎？」

羅厚說：「大概沒問題，舅舅面子大，關係廣，辦法多，什麼都好商量。只是怕姚伯母吃虧了。」

姚太太說：「吃虧不吃虧，我不計較，反正便宜的是公家。」

羅厚說：「伯母，您答應了？」姚宓笑說：「你舅舅、舅媽吵架，叫我們去勸架嗎？」

羅厚說：「什麼吵架呀，他們從來不吵架。我剛到文學研究社的時候，舅舅對我說：『你舅媽愛生氣，一生氣就暈倒。你不理她，她過會兒自己會好；你要是理她，她就鼻涕眼淚的沒完沒了。你以後看到我們吵架，趁早躲開。』我想，我壓根兒躲到文學研究社那集體宿舍去，只是星期天回家；如果看見舅舅、舅媽好像要吵架，就連忙回宿舍。現在我住舅舅、舅媽家了，聽他們要吵架，我沒處躲，只好躲在自己臥房裡。」他哼了一聲，接著說：「見鬼的吵架！舅媽哪敢吵呀。她一句話都沒說就暈倒了。我等舅舅晚上出去開會，偷偷兒問舅媽。她果然鼻涕眼淚的哭了，哭得好傷心。我安慰她說：『誰欺負你，我和他打架！』」

羅厚接著說：「嗐，舅媽哪裡敢和舅舅吵呀。我從小聽我爹媽說起舅媽，他們都瞧不起她。這些年來，他們信兒都沒有，我好像是給了舅舅家了。」他頓住說：「伯母耐煩聽嗎？」姚太太說：「你講下去。」羅厚就接著說：「陸舅媽是可憐人，她對我說：『我哪裡生氣呀，我是傷心。我家窮，嫁給陸家是高攀。親事是我爹定的。可是我媽媽很早去世了。我後媽要了陸家好大一筆聘禮，卻沒陪嫁什麼嫁妝。陸家人向來看不起我。』舅舅是最小的少爺，任性慣的。舅媽盼姚伯母到他們家一塊兒住，舅舅就不好意思發少爺脾氣了。」

姚太太說：「唷！」她從沒想到陸舅舅家如此情況。

姚宓說：「你不是對陸舅媽說，誰欺負你，你就跟他打架嗎？打過沒有？」

羅厚嘻嘻笑著說：「我不過背後說說呀，我敢嗎？」

姚太太和姚宓都笑了。接著姚太太嘆了一口氣說：「我住在西小院裡，不過是圖阿宓上班方便。你們那邊，聽說院子很大，比這兒大多了。」

羅厚說：「房子也不少，我一個人住一間房，還有一個書房。姚伯母願意去那邊住了？」

姚太太答道：「那邊去住，願意；只是我得有個後路。要不，我把這邊住的西小院放棄了，我想收回的老四合院又收不回來，不就兩頭落空了嗎？」

羅厚說：「伯母放心，舅舅肯定會想法把您那老四合院給買回來。」

羅厚覺得完成了任務，很高興，笑嘻嘻地說：「伯母，我還要告訴您一件事。昨天余太太——余楠的太太叫我代她問您好。她告訴我說：『余先生因爲最高學府沒要他，氣得飯也不吃，發了兩天脾氣。他這會兒又在吹牛了，說他當了人民大學的什麼主任了，說最高學府培養學生，人民大學卻是培養管教學生的幹部。』我家有電話，就把家裡的電話號碼告訴了她，有事可以給我打電話。余先生『洗澡』瘦了一圈，據說現在又胖回來了。余太太卻是又瘦又憔悴，比前次伯母請她吃晚飯的時候老多了。大概是搬家忙壞了。」

姚宓說：「羅厚，你可知道，她是我的大恩人！他們打算批判我的那份稿子，是她爲我『偷』出來的。不知她怎麼『偷』的。將來請她講，一定好聽。」

羅厚說：「哎，只她一個人忙搬家，別人都不幫忙，不過她能留在北京就很稱心了。她捨不得離開那兩個寶貝兒子。她還頂俏皮呢，說她那位『香夾臭』的老公……」

「什麼『香夾臭』？」姚宓不懂。

「『香夾臭』呀，我也不懂。我問了，余太太說：我說的上海話，你們不懂。打個比方好吧，狐騷臭的女人灑上香水，就是『香夾臭』。」

姚宓想起了余楠的「洗澡」，姚太太也知道。母女倆都忍不住大笑。

羅厚說：「我只見余太太不聲不響，忍氣吞聲，規規矩矩的，誰知她還頂俏皮。她把那位『香夾臭』老公一定看得很透，伯母面前她不說笑，那天她笑得酒窩都出來了。她跟女兒長得很像。」

正說著，他忽然看看手錶，忙說：「伯母，我得走了，叫姚宓送送我吧。」

姚宓送他到門口，他鬼鬼祟祟地說：「你勸伯母搬過來吧。許先生來了，你可以躲在我屋裡；杜先生來找他，你就躲到陸舅媽屋裡去，叫杜先生心癢難撓。」

姚宓沉下臉說：「我不是早說過，我不做方芳嗎。況且許先生、杜先生連我們搬哪兒去都不知道呢。」

「眞的，姚宓，你決定搬我舅舅家去吧。伯母可以和舅媽做伴兒，舅舅就不好意思發脾氣了。舅舅家的廚子做菜很好，你家不用開伙，你也不用打掃衛生、拖地、擦玻璃了。對了，我想起上海小丫頭了。伯母還不知道我不願意做圖書館的工作，已經分配到外國語學院去了，我現在做朱千里先生的助教……」

「你又不懂法文。」姚宓打斷他。恰好沈媽來做晚飯，羅厚忙忙地走了。

姚太太問：「阿宓，怎麼說了這麼長的話，又是祕密嗎？」

姚宓說：「羅厚在外國語學院當助教呢，他和『上海小丫頭』同事了。」她也告訴媽媽，「羅厚說，搬陸舅舅家去，我們家就不用另外開伙。」

姚宓收拾了床上一疊疊衣服，母女倆從容商量搬家問題。她們決定搬到羅厚的舅舅家去。姚太太叫姚宓先寫信問問王正、馬任之，搬陸家去是否合適。王正、馬任之是政治和生活經驗都很豐富的老同志，考慮問題比較客觀周全，姚家母女和王正、馬任之是很親密的。

王正特地去看了姚太太和姚宓，說馬任之正掛念她們搬往哪兒去合適，就搬陸舅舅家去吧。

一個月後，羅厚拿了姚家老四合院的房契和鑰匙交給姚太太，說他舅舅讓手下辦事人員買了一具結結實實的大鎖，鎖在四合院的門上了，這是鑰匙。姚家的老四合院，已由舅舅派人同現在的房主商妥簽約買回來了！姚太太就叫姚宓收好。姚宓把房契藏在媽媽的大皮箱箱底，把鑰匙和媽媽另外幾把重要的鑰匙穿在同一個鑰匙圈上。

姚太太心裡踏實了，放放心心地收拾了家裡的東西，搬往陸家去。

第二章

得姚家贈書的圖書館是博文圖書館，姚宓得到了通知，就到博文圖書館去報到。圖書館長親自接見了她。

館長面帶笑容，卻很嚴肅。他拿著一張姚宓親自填寫的表格，對姚宓端詳了兩眼，他問：

「你就是姚宓？」

姚宓忙回答：「我就是姚宓。」

「今年二十八歲？」

「快二十八歲了。」

「你是民盟陸先生的侄女？侄媳？」

姚宓搖頭說：「我和他沒有任何親戚關係。」她只知道館長姓朱，也懂得小輩對長輩不興稱名，她只稱「朱館長」。

館長在沙發上坐了，也請姚宓坐。姚宓不敢和館長並坐長沙發，拉過一張木椅，坐在館長的斜對面。館長覺得這個姑娘知禮，他臉上的笑容加深了一層。他慢吞吞地說：「當初令堂要求另設『紀念室』，本館從來沒有個人的『紀念室』，很抱歉。不過府上捐贈的善本、孤本，都有姚謇先生的印章，我們一律不出借的。請告訴令堂，請她放心。」

姚宓聽館長把她背後嘀咕的話都說出來了，很不好意思，紅了臉說：「那是我私下嘀咕，家母並不知道。」她那副羞慚的容色，很嫵媚可愛，可是館長視而不見，只說他心上的話。他說：「你該知道，管理圖書是專門之學。咱們國家從前曾經派送好多位專家出國學習，如今健在的只有梁思莊先生一人了。你雖是新來的一個最年輕的職員，卻是我們打算培養的人。我們博文圖書館是爲人民服務的，只有付出，沒有收回，沒有能力送你出國深造。目前燕京大學併入新北大了。燕京大學的編目屬全國一流，每本書有兩套卡片，一套以作者爲主，一套以作品爲主。查了作者卡，你就知道這位作者還有什麼其他作品；查了作品卡，你就知道這件作品出自哪位作者。其他圖書館認爲這是笨工作，都偷懶不肯費功夫了。清華、燕京相去不遠，清華圖書館就只有一套卡片。你以後見見梁思莊先生，向她當面請教。燕京的宿舍，你擠不進去，我已經拜託你那位陸舅舅和清華的有關領導打過招呼，試試讓你借住一下清華女生宿舍，也許沒多大問題。」

姚宓心想在新北大進修不如留在本校宿舍方便，她自己想辦法。

館長接著問姚宓：「你通幾門外語？」

姚宓說：「學過英文、法文。」

館長說：「不行，凡是有代表性的文字，你都得學，也別忘了咱們本國的古文。」

姚宓說：「古文，家母也教過我。」

館長說：「中文系李主任的課，你可以去旁聽。」他概括說：「有一位楊業治教授，英文、德文、義大利文都好，不過，他現在只教德文，你可以旁聽他的課。許彥成先生，你在文學研究社就由他指導，你可以旁聽他的課。最高學府現在有哪位法文好，我不知道了。溫德先生的法國文學不錯，但是口音不行。俄文，你學過嗎？」

姚宓說：「從沒學過，只讀過英文翻譯的托爾斯泰的《戰爭與和平》，陀思妥耶夫斯基的《卡拉馬佐夫兄弟》，還有《契訶夫全集》。」

館長說：「譯者是專譯俄文的有名女專家，能讀她的譯文就行，你年紀也不小了，還要從『阿、勃、勿、格、得』讀起，也太累了。好，你到隔壁去，請趙明同志過來。」隔壁只隔著一片薄薄的木板，顯然是特意這樣隔的，這邊的話，隔壁全聽得清清楚楚。

姚宓把隔壁的趙明同志請了過來。館長說：「這位趙明同志是博文圖書館員工班的主任。你業務學習，請梁館長指教，政治學習，由趙明同志領導。」他說完，點點頭就起身走了，姚宓對他深深鞠躬，他也沒看見。

趙明同志笑著看姚宓向館長的背後鞠躬，他說：「姚宓同志，你好大面子，館長親自接見。館長的話你都聽見了吧。我們這兒，每星期一上午政治學習，時間不長，頂多一上午，有時候兩三個小時，別忘了。」

第三章

姚宓回家把博文圖書館館長如何接待她告訴了媽媽。姚太太說：「既然你在學校已找好了住的地方，你就搬到學校去住吧，反正要帶的東西不多。」姚宓就收拾了必要的東西準備到學校去。

這天下午，她找羅厚爲她扛了鋪蓋捲兒，提了其他行李，她自己也拎了大包小裹乘公交車到學校，找到了女生宿舍。羅厚又不會什麼客，他立即回家，讓姚伯母知道女兒已經安然到校了。

姚宓同宿舍的學生幫姚宓把行李搬上三樓，同房間的是個高個兒的女孩子。她很熱心，幫她打開鋪蓋捲兒，還幫她鋪床，還帶她到洗漱室安放了臉盆腳盆，並告訴姚宓廁所就在洗漱室旁邊，洗澡有分隔的小間。她們倆回房，這女孩子又幫她整理書桌。

姚宓說：「我得到圖書館去報到吧？」

同房間的學生說：「你向誰去報到呀？這會兒梁館長又不在圖書館裡。一會兒就要吃晚飯了，我帶你上飯廳吃晚飯。你還沒買飯票呢。不要緊，用我的就行。我叫小李。」

姚宓說：「我叫姚宓。」

「叫你姚姐姐行嗎？」

「我就叫你李妹妹。」

那女孩子說：「我學名李佳，大家都叫我小李。我沒有妹妹，我是獨養女兒。我要有個妹妹多好啊！我就可以做李姐姐了！」

姚宓覺得她天眞可愛。她跟小李同吃了晚飯，小李又爲她畫了一張學校的地圖，帶她上四樓屋頂一一指點：哪裡是圖書館，哪裡是大禮堂，哪裡是教學樓等等。她忽然遙遙指著說：「快看！快看！」眞是無巧不成書，姚宓看見杜麗琳挽著許彥成的胳膊，親密地向校門走去。兩人的臉色都很難看。姚宓暗想：「他們準是又在吵架呢。」

她問小李：「你認識他們？」

小李說：「啊呀，姚姐姐，他們是新來的外語系教師，女的專教口語，咕嚕咕嚕一口英國話，還會說美國話。英國話、美國話不都是英語嗎？她還有個分別，眞了不起！她最洋，綽號『標準美人』，可是我爸爸不喜歡她，說她太『標準』。姚姐姐，你是天然美，你是一級，她只是二級。」

姚宓笑說：「從沒聽說美人還有一級二級。你也是美人，一級還是二級？」

「我是野小子。我會跳高跳遠，還會撐竿跳。媽媽怕我摔傷，爸爸警告我，千萬不能做運動員——呀，該回屋了，你明天還得見梁館長呢。」

姚宓確也累了，不過上了心事。許彥成是經常跑圖書館的人。她見了許先生，不管是許先生獨自一人或是有杜麗琳陪著，她怎麼說呢？她把陸家的地名夾在筆記本裡，準備面交。

第四章

姚宓料得不差，許彥成和杜麗琳這夜確在吵架。杜麗琳逼許彥成交代他和姚宓的關係呢。經過了一番「洗澡」，又忙著搬了一個家，許彥成肯定自己沒有對不起杜麗琳，是杜麗琳對不起姚宓。他冷氣直冒，乾脆不客氣說：「你以為她是我的情人嗎？」

杜麗琳冷笑兩聲，不搭理。

許彥成冷氣換成了火氣，使勁兒說：「無恥！」

「誰無恥？」

「這用問嗎？」

「這是你對我說的？」

許彥成說：「去告訴你的黨委書記大人，去告訴你新交的那幾位名師吧！」杜麗琳氣得眼淚直流，抖聲說：「家醜不可外揚，你是要逼我鬧離婚嗎？」

「我逼你？你不是在逼我嗎！」

杜麗琳改用英文說：「小聲，別讓阿姨聽見了，外面說去。你不顧我的臉面，我還要做人呢。咱們是新來的老師呀。」

許彥成一聲不響，照例鑽他的「狗窩」。他現在的「狗窩」卻是一間很大的書房。杜麗琳獨在客廳燈下哭泣。

姚宓看到杜麗琳勾著許彥成的那副親密勁兒，確也窺到了親密中的文章。

第二天早飯以後，她問小李：「梁館長哪兒去找？」

小李說：「你到了圖書館，碰到隨便誰，你就說要見梁館長，他會帶你去。」

姚宓見到一個學生，就請他帶她去見梁館長。據小李說，緊貼著圖書館，有一間館長辦公室。館長是有名的女專家，頂和氣的，她的辦公室挨著借書處，很容易找。

姚宓剛到圖書館，就碰見了許彥成。她立即把那張抄著陸家地名的紙，塞給許先生，一面說：「現在我就在這兒學習編目。今天我來向館長報到。」

許彥成很出意外，他看了姚宓交給他的地址，點點頭，隨就領她到館長辦公室去，一面說：「告訴姚伯母，這星期六準來看伯母。」他說完低著頭走了。

館長見了姚宓，笑說：「姚宓，博文圖書館館長早給我打過招呼，叫我照顧你。你的活兒很輕的，你就在這裡學習編目。你得看些書。有關圖書管理的各種主要學術論著，最好都熟悉一下。我這會兒先給你開個書目，你找幾本來看了再說。」

她開了書目，對姚宓說：「你不是我們圖書館的職員，你是來進修的，和學生一樣，週末休息。」她親自把姚宓送進書庫。

姚宓忙去找書，忽見許彥成走到她身邊說：「阿宓，我好想你。」

姚宓嚇了一跳。她說：「這是書庫呀。」

許彥成說：「教師可以進書庫。」這也等於說：「以後我們可以天天見面。」

姚宓激動得書也不會找了，全是許彥成幫她找到的。幸虧這天書庫裡沒幾個人。

姚宓回宿舍吃飯，小李在等她。姚宓看了她的笑臉，不由得心上喜歡。她說：「小李啊，我眞是好運氣，能和你同房間。」

小李說：「哪裡是好運氣呀，是我挑的。這屋裡原來是三個人住，派給你同房間的人不願意和陌生人同住，我就和她交換了。」

「你不愛三個人一間？」

小李說：「我嫌她們鬧。她們愛說說笑笑，我愛看書。」

姚宓說：「太好了，我也愛看書。」兩個人都高興得笑了。

小李帶姚宓進了宿舍裡的女生食堂，先爲姚宓買了飯票，又要了兩份飯，三樣菜，找了個僻靜的角落，兩人分端了飯和菜一同吃飯。

姚宓忍不住說：「小李，你眞好！」

小李一團孩子氣地說：「姚姐姐，你眞美！我最崇拜美人。」

「你自己不也是美人嗎？」

「我是野小子，誰也不讚我美。」

姚宓笑說：「我也沒人讚我美呀。」

兩人都笑了，很親密地一同吃了午飯。

小李笑嘻嘻地說：「姚姐姐，我發現你的被子和衣服都特講究，幹嘛罩著一件灰布制服呀？你是假裝樸素嗎？」

「為什麼要假裝呀？」

「我爸爸是這裡中文系的主任，主任還沒錢嗎？不過這兒主任多著呢，孩子多了，就窮了。同學裡有闊學生，吃穿都講究，同學看不起她們，不跟她們好。」

姚宓笑說：「你會裝窮，所以人人喜歡你？」

小李笑出兩個深深的大酒窩。她說：「姚姐姐，我很會假裝呢！」

這話引發了姚宓的孩子氣。她說：「我就揭發你！」

小李說：「我嗅覺靈敏，嗅出了姚姐姐最可靠，不做對不起人的事。我還假裝……不說了，咱們得吃飯了。」

姚宓看著小李單純可愛，心裡一動，有了一個好主意。週末回家，她要和媽媽談一件要緊事。

這天下午四點左右，圖書館長又來看姚宓，看見她還認認眞眞地看書呢。她說：「你讀完了？」

姚宓說：「都讀完了，也許讀得不夠仔細，只粗粗地看過，知道一個大意。」館長點點頭說：「這樣就行。照你這樣進修專業，不用兩年，一年就足夠了。」

她拍拍姚宓的肩膀說：「還有一句話我忘了說。我不是答應照顧你嗎，你星期六吃完午飯就可以回家，免得下班的時候，擠不上公交車。」

姚宓感激得站起身說：「謝謝館長。」她恨不得對館長鞠躬呢。館長笑了，姚宓也笑了。

姚宓很愉快地回宿舍，和小李吃完晚飯，手挽著手，同到校園散步。

許彥成想到姚宓在本校圖書館進修，不能不告訴杜麗琳，她遲早會知道，準會懷疑他隱瞞著什麼。但是杜麗琳到吃晚飯時才回家。晚飯以後，阿姨在廚房洗碗。許彥成把姚宓在本校圖書館進修的事告訴了杜麗琳。

杜麗琳看了許彥成遞給她的姚家的新地址，沒說一句話。

許彥成說：「我星期六進城去看姚伯母，你也同去嗎？」

杜麗琳長嘆一聲說：「你放心吧，我已經認命了，命裡注定，我這一輩子是丈夫厭棄的妻子。感情是不能勉強的。我癡心等待你對我說的那三個字，你早已給了別人了。我何苦一輩子泡在醋裡呢！你已經承認你們沒有一點不正當關係。這種話何必多說呢。」

這個星期六午飯以後，姚宓不回從前文學研究社的西小院了，她直接到陸舅舅家去，她以前去過。姚太太正在那邊等她呢。姚太太帶著姚宓看了她們的新居，又帶她去見了陸舅舅、陸舅媽。大家都很高興。

第五章

姚宓和許彥成先後腳到姚家新居。姚宓剛和媽媽說：「媽媽，我今晚有要緊話告訴媽媽呢。」許彥成跟腳就來了。他問了姚伯母好，說：「麗琳有事不能來，叫我問伯母好。」

姚宓說：「她不是教口語嗎？她也集體備課？」

許彥成說：「咳，她現在是系裡的大紅人。她結交了許多學校裡走紅的朋友，忙著呢！」

許彥成和姚太太談了些別後的事，姚太太又介紹他見了羅厚的舅舅和舅媽，羅厚卻不見人影兒。陸家舅舅、舅媽要留許先生吃飯。許彥成說：「我說定要回家吃晚飯的，得走了。」他匆匆回校了。

姚太太問女兒：「你的要緊事是關於許彥成的嗎？」

她看到許彥成對阿宓留戀的情意，卻好久沒看到阿宓這麼輕鬆愉快了。

姚宓說：「和許先生不相干，是關於羅厚的，媽媽，從搬到了這裡來，陸家舅舅、舅媽都把我看作未來的外甥媳婦了。就連羅厚，恐怕也這麼想了。可是，我和羅厚性情不相投。他很能幹，將來會成實業家，不過他毫無頭腦，沒有理想。我是喜歡有理想的人。」

「實幹和理想也許相反相成呢。」

「不，媽媽。媽媽知道相反不一定相成。」

媽媽點頭說：「彥成是有理想的，可是他那位夫人很有點俗氣。」

姚宓又輕快地笑了。她說：「我是為羅厚找到了一個合適的伴侶，才和媽媽提這個話的。她天眞、活潑、聰明、愛讀書。」

媽媽還想聽她說下去，阿宓卻不肯多說了，只問媽媽：「假如我嫁了羅厚，我會稱心嗎？」

媽媽想了一想，慢吞吞地說：「你講的確也有理，我早說過，我決不干涉你的婚事，決不勉強你。」

姚宓說：「我這會兒跟媽媽聲明了，心上舒服多了。」

姚太太好久沒看見女兒輕快的笑容了。她想：「阿宓和年輕女孩子一起生活，也活潑快樂了。」

母女還像從前一樣，睡在一張床上。姚太太聽女兒一會兒就睡得聲息全無，她卻反側了好久才入睡。

姚宓一老早就乘公交車到校，小李正在食堂吃早飯呢。書桌很整齊，小李是愛整齊的女孩子，姚宓也是愛整齊的。她們的書桌上放著整整齊齊一疊版本很好的《左傳》，不是圖書館借的。書架上卻都是英文書，有詩歌，小說更多，也是家藏的。桌子上攤著一本筆記本兒，本兒上是小李摘錄的《左傳》。

小李吃完早飯上樓，看見姚宓正在看她的筆記，忙雙手掩住筆記本兒說：「姚姐姐，我的字太糟了。」

姚宓說：「小傢伙，你不是杜先生的學生嗎？怎麼又在用功讀古書呀？」

小李笑得酒窩都出來了。她說：「我是中文系的學生呀！偶然也旁聽外文系的課。」

「哦，中文系的。我明白了。可那天吃飯的時候，你說了半句話，沒說完，你說『你會假裝』，你是中文系，卻假裝外文系，對不對？」

小李說：「不對，我是名正言順的中文系的學生。我爸爸說：『現在中學裡只著重數理化和英文，學生對中國舊學，簡直一竅不通。』所以叫我讀中文系，補讀些必讀的舊書。我那天說的『假裝』……」她忙咽住不說了，只說：「不能說的，我對誰都不敢說。不過，姚姐姐，我嗅覺很靈敏，我是小狗，我聞得出人。姚姐姐和別人不一樣，說給你聽也不怕。」她卻怕人聽見似的附在姚宓的耳上，輕聲說：「我怕做運動員，我就假裝暈倒，暈兩次不夠，我暈了三次。」她眨巴著眼睛對姚宓笑。「我媽媽還在找大夫開請假條兒，免我劇烈運動。」她接著說：「姚姐姐，你快上圖書館去吧，我今天第一堂沒課。咱們吃完飯再講。」

姚宓估計自己還不太晚，她緩步走到圖書館。她換了一件很考究的薄夾衣。許先生還沒看見她從前的好衣服呢。她只對媽媽說「學校裡沒有人穿灰布制服了」，她帶了幾件好衣服到學校去，姚太太沒注意。小李卻立即看到了。她說：「姚姐姐，你的衣服眞美。幸虧你只躲在書庫裡學習，要不，準有人要追你了。」

「有人追你嗎？」

「沒人敢。」

「爲什麼？」

「我假裝不認識他是誰。別人指出了他，我就當眾把信還給他，一面說：『你敢把你寫的那些肉麻話念給大家聽嗎？』別人就會把他的信搶去，念給大家聽。他的臉都丟光了。」

「是你爸爸還是你媽媽教你的？」

「他們不管我的事，我自己想出來的。姚姐姐，肯定有人追過你。」

姚宓搖頭說：「從來沒有。」她說罷覺得自己不夠老實。她也不能說沒和誰通過信。她換個話題說：「自從我爸爸去世，我就得掙錢養家了。」

小李說：「有錢人家，哪會一下子就窮呀？」

姚宓說：「我講的是眞話。」她說了她父親怎樣耗盡了全部家產。

「我家也差不多。我們原先是官僚地主。一解放，我家忙把田地賣了，『李氏義學』也捐給國家了。不過，你家可算無產階級了吧？我家還是資產階級。大學教授不都是資產階級嗎。我塡成分的時候瞞了一點小事，這可是千萬不能說的。」她頓住口好半天，不等姚宓追問，又說：「姚姐姐，我知道姚姐姐和別人不一樣，告訴你也不要緊。我說我家是教師成分。」

「大學教授不是教師嗎？」

小李放低了聲音，在姚宓耳朵裡說：「我爺爺是『學老師』。你知道『學老師』嗎？『學老師』是個官名。」

「『學老師』，那是什麼官呢？」

「你果然不知道。姚姐姐，你可千萬不可以說出來的。我爺爺是個舉人。舉人做了『學老師』吃朝廷的俸祿。我的再上一輩，是進士出身，做過很大的官。幸虧我們塡成分不問上輩，我都隱瞞了。姚姐姐，我知道你不會戳穿我的。」

姚宓叫她放心。她們倆分享著許多祕密，兩人更要好了，成了無話不說的好朋友。

第六章

小李告訴姚宓：「我爸爸很賞識許彥成先生。」她覺得姚姐姐一驚，好像臉都紅了。她說：「姚姐姐認識許先生嗎？」

姚宓只好說，許先生從前是她的老師。小李頂乖覺，她懷疑姚宓看中許先生，或是許先生看中姚宓。她說：「爸爸說，標準美人出風頭，不稀奇。許先生淡定低調，裝得自己庸庸碌碌，裝成庸中之庸，很不容易啊！他老是憂憂鬱鬱的，肯定和那個標準美人合不到一處。」

姚宓裝作不經意地說：「許先生和杜先生很要好的。」她急著要改個話題，就說：「你爸爸和媽媽一定很要好，他們愛說愛笑嗎？」

小李說到她媽媽，不由得自豪地說：「我媽媽是奇女子！我媽小時候不肯裹腳，逃到了她姨媽家。姨媽還算疼她，可是姨夫很小氣，把她當丫頭使喚。有一晚，姨夫發現她一個人偷偷在燈下讀書，就把她打了一頓。她十六七歲逃到北京，到人家幫傭。後來她考取了師範學校，畢業成績第一名。她就做了商務印書館的職員。她由商務印書館的一位編輯做媒，介紹給爸爸的。爸爸說我性格像媽，相貌像他。」說著，她拿出一幅全家福的照片，問：「姚姐姐，你覺得我像爸爸嗎？」

姚宓說：「很像。」

小李說：「我覺得我媽是天下最好看的女人，我不如爸爸好看。」

「你媽媽很嚴肅嗎？」

「一點兒不，她很愛說笑。她穿衣服比爸爸和我講究。」

姚宓說：「你媽媽算什麼成分呢？」

「職員。」

姚宓說：「你媽媽眞了不起！我眞羨慕你。」她越發拿定主意要給羅厚介紹這個對象了。她也很想見見小李的媽媽。

她找了一張羅厚的照片給小李看，說：「這個人算是我的表哥，因爲他是陸舅舅的外甥。」

小李說：「他好帥呀！可是他完全沒有帥哥那種氣派，他不臭美。」

姚宓拿著照片說：「送給你，要不要？」

小李搖搖頭，可是她又拿來仔細看了，好像很喜歡。

姚宓回家對她媽媽說，自己同房間的女孩子非常可愛，下次帶她來見見媽媽，行嗎？姚太太果然很有興趣。

姚宓打算邀請小李到她家去，她得見見小李的父母。她問小李：

「我想請你到我家去，我是不是先得求得李先生和師母的准許呀？」

小李說：「得求得他們准許，因爲我今年才十七歲，還沒有成年呢。」

「我上大學時，比你大一歲。今年我快要二十八歲了。日子過得眞快！小李，這個星期日下午，我想到府上拜見李先生和師母，問問他們是否准許你到我家去。反正我只問個准許，不會耽誤他們的工作。」

姚宓到李先生家拜見了老師和師母。師母非常清秀，比姚宓想像的美得多。她和小李一點兒也不像。小李的相貌完全像爸爸。她那兩個深深的酒窩，在爸爸臉上卻是兩道深深的筆紋。

李師母早就聽她女兒講姚姐姐了。她已經準備了晚飯，要留她多坐會兒。她說：「晚飯後，我送你回家。」

姚宓說：「晚飯後我自己會回家。不過我得和媽媽通個電話，告訴一聲。」

接電話的是陸舅舅。他說：「阿宓，你在哪裡？說得出地名嗎？」

姚宓說了李先生家的地名。她說：「不遠，舅舅放心。」

陸家舅舅說：「我派車來接。你別出門，等著車，免得兩頭跑個空。」他說完就掛上電話。

姚宓覺得不好意思，先悄悄告訴了小李。她說：「小李，你對媽媽說，我的陸家舅舅是『汽車階級』，他要派車來接。」

李師母已經聽見了。她說：「唓，我想送你回家，趁便見見你媽媽。既然你那位陸家舅舅要派車來，只好等以後再見面了。」

姚宓看到李家的陳設，遠比陸家講究。他家掛的字畫都是名家手筆。房子也很好。雖然陳舊，門窗隔扇都非常精緻。李家是舉人，進士出身。「學老師」這官名她都不知道，她媽媽也許知道，回家得記著問問。她瞎想：陸家舅舅不過是民主人士罷了。

李先生也知道陸家舅舅的大名。他毫無老師架子，對姚宓像慈父。姚宓記得自己家的四合院，比李先生家差多了。小李是住慣了這種房子，不知道自己家境多麼優越。

他們四人一桌，菜也不多，都很可口。姚宓特愛喝他們的不知什麼湯，沒好意思問。她喝了滿滿一小碗湯，門上傳進話來，陸家的汽車來了。

姚宓很有禮貌，認爲車可以等人。她在李家談完了話，才起身告辭。

姚宓到家，只她媽媽還在等她，別人都睡了。

姚宓問媽媽，什麼是「學老師」。

媽媽說：「那是官名，中了舉，才能當『學老師』。你那小李，脾氣強嗎？厲害嗎？」

姚宓細細地把小李的言談舉止一一向媽媽講，又講了李家的房子、傢俱、陳設等等。媽媽聽得很有興趣。她說，一定得把李家人都請來。她又問女兒：「李先生不常請客吧？」

姚宓想了一想說：「好像他從不請學校的人到他家去。」

媽媽點點頭說：「你那位李先生很有道理。小李也很聰明，知道姚姐姐和別人不一樣。」

姚宓存心要把羅厚介紹給小李。可是陸家人和她媽媽都把阿宓看成羅厚的未婚妻。姚宓雖然向媽媽聲明羅厚和她性格不相投，但媽媽並未放棄這個打算。將來小李見了羅厚準以爲姚姐姐給她介紹的是自己的未婚夫呢。她得趁早跟小李說說明白。

下週到學校之後，姚宓對小李說：「我要給你介紹一個男朋友，可以嗎？」

小李急忙說：「不行，我還小，爸爸媽媽早說過，『進了大學可不許交男朋友，好好念書。』」

姚宓說：「不過認識認識，不是談情說愛的，決不妨礙你學習。這個人，我家都看作我的未婚夫。可是我決計不會嫁給他的。」

小李調皮地說：「姚姐姐心上有一個人了。」

姚宓說：「對，可是我和他只是純粹的朋友。我要給你介紹一個非常合適的朋友。這句話，你記在心上就行。我媽媽和陸家目前都想壟斷我的婚姻呢。」

這個星期日上午，許彥成來拜訪姚太太，知道了姚太太要請客，就說：「伯母，我就走了。」

姚太太說：「你是我多年的老朋友，阿宓說，李先生稱讚你有學問、有見識。你該幫我招待客人。」

但許彥成還是客氣地辭謝了。

陸家舅舅連最高學府的中文系主任都沒聽說過，可見李先生在學校多麼低調。李先生一家由陸家的汽車接來了。一家人都很樸素，小李和平時一模一樣，並沒有打扮，只李太太穿得比較考究。

羅厚在門口接見了客人，把他們讓到客廳裡。小李見過了一位陸伯伯、一位陸伯母、一位姚伯母，沒有和羅厚招呼。她悄悄地問姚宓：「那一位，我怎麼稱呼？我總不能叫他羅厚同志呀。」

姚宓笑說：「叫他猴兒哥。他小名就叫猴兒。」

「姚姐姐，我該叫羅哥哥吧？」

「騾子比猴兒更是畜生。」姚宓想了想說：「他是齊天大聖弼馬溫，叫他溫哥哥吧。」

小李低聲說了兩遍「溫哥」，覺得很順口。

姚宓叫羅厚過來給他介紹說：「這位是我的新朋友小李。你叫她李妹妹。你是齊天大聖弼馬溫，這名字太長，就叫溫哥哥，怎麼樣？」

羅厚笑嘻嘻地叫了一聲「李妹妹」，小李笑著叫了一聲「溫哥哥」，聲音小得都聽不見。姚宓看到羅厚對小李很喜歡，小李對溫哥哥很仰慕。

姚太太看到這個大酒窩姑娘，酒窩裡塡滿了甜軟的笑，喜歡得摟在懷裡說：「這孩子太可愛了，認我做乾媽吧！李師母，我的阿宓太一本正經，我不要她了。」

姚太太是何等聰明的人，她見了女兒這個小友，立刻完全明白了女兒的心意。她是要爲羅厚找個對象，擺脫她自己。

李師母笑說：「我這個沒頭沒腦的傻孩子，姚伯母不嫌棄啊？我正羨慕姚姐姐又有學問，又有頭腦，咱們交換，讓我也認個乾女兒吧！」

姚宓笑著過去挨在李師母身邊，和她貼貼臉，表示親熱。

陸舅媽高興說：「認乾親是要送大禮的。」

姚太太說：「我們是交換，一切俗禮全都免了！我是光棍無賴，舅媽休想從中取利！」

大家都哈哈笑。這天賓主盡歡而散。李家仍由陸家的汽車送回家。

第七章

姚宓注意到李家的房子雖然比她們家的好，卻不像陸家有那麼大的花園。李家四鄰都是相仿而較小的四合院，李家雜在中間也不惹眼，只顯得比別家舊。她想：這麼大的房子原先準有個大花園。她第一次到李家是大白天，所以當時就注意到了。她想起小李的話，猜想花園準是歸公了。

她到校問小李。小李說：「可不是嗎！那時候地租很貴，實在交不起，只好歸公了。我已經記事了，我家前前後後的房子，都是後來蓋起來的。蓋房子眞鬧人，近兩年才安靜下來。姚姐姐，你怎麼什麼都知道？」

「我家從前有一所兩進深的四合院，雖然房子沒你家的大，後面也有個花園。」

她接下說：「陸家有個很大的花園，不知原先是什麼人家的。哪天我帶你到花園去玩玩。下星期六，我叫你的溫哥哥來接你，好不好？我媽媽想你呢！」

小李很高興，她笑著說：「我也想我的乾媽，你乾媽也想你呢！」

據陸家司機說：他那天接送李先生一家，走了冤枉路。陸家的汽車特大，只好規規矩矩走大道，其實他們兩家並不遠，坐十六路公交車，至多六七站路，而且下車不用走幾步路就到家了。

姚宓聽了這話，拿定主意，再也不用陸家的汽車了，太招搖。她邀小李到她家玩，就請羅厚送李妹妹回去。

李先生在姚家宴會時注意到這個「敬陪末座」的青年人氣度不凡，對他頗有興趣。他猜想這人是姚宓的未婚夫，想親自問問。所以他請羅厚到他家吃晚飯。他說：「只是便飯，別客氣。」

羅厚下次送李妹妹回去，就在李家便飯了。李先生問他哪兒工作，他說，在外國語學院，畢業後留校當助教，現在是講師。

李師母問起從前文學研究社的事，羅厚講了朱千里「洗澡」的故事，逗得人人大笑。

客人走了，李先生對老伴說：「這孩子不俗。」

李太太更有興趣，因爲做媽媽的比較敏感，覺得女兒很崇拜他。她問女兒：「溫哥哥是不是姚姐姐的未婚夫？」

小李不敢告訴媽媽，姚姐姐特地爲她介紹溫哥哥做朋友的，她只講了溫哥哥從前怎麼保護姚姐姐，怎麼和流氓打架的事。小李的爸爸媽媽覺得這個年輕人很俠義，對他更器重了。

小李說：「姚姐姐只把他當親哥哥，親哥哥怎麼能做未婚夫呢！反正她怎麼也不嫁給他的。」她附著媽媽的耳朵說：「告訴媽媽一個祕密，只有我知道的祕密，姚姐姐心上有一個人。」李太太聽了這話，心上踏實了。她說：「放心，除了爸爸，我不會告訴別人。」她也附著李先生的耳朵，說了這個祕密。他們心上都踏實了。

第八章

姚宓拿定主意，她決不能讓媽媽知道她和許先生天天在書庫見面，也決不讓許先生和她說話，因爲保不定會有人看見。她媽媽只知道女兒在圖書館工作，圖書館的規模她也不全知道。李先生家藏書豐富，不用借圖書館的。至於杜麗琳，她是從不跑圖書館的，姚宓盡可放心。

一年以後，姚宓進修期滿，又回到原先的博文圖書館。博文圖書館已併入市圖書館。市圖書館等待編目的書，一批又一批地送來。姚宓工作努力，效率特高，市圖書館爲她評定的工資相當高，而且市圖書館離她家不遠。她清早喝一杯鮮奶就趕去上班。中午吃食堂。五點下班。工作雖忙，她不像教師得準備功課，也不像圖書館其他員工，假期特忙，不得休息。她只在書庫裡編書目。當初博文圖書館館長照顧她，星期六只上半天班。市圖書館照樣照顧她，星期六也只上半天班。

姚宓回家後，可以讀書到夜深。她夜夜還是抱著媽媽的病腳同睡一床。姚太太和陸家合伙，陸家只收她四分之一的伙食費，和自己家開伙相差無幾。姚太太這兩年開始有富餘的錢讓女兒買一雙新鞋，或添一件新衣服之類。姚宓的古董衣服，料子原是上好的，配上新式點綴，讓姚宓顯得更年輕了。她在同事中交了些新朋友，也更活潑了。每星期六，她照舊和小李家來往。每星期天上午，許彥成總來看望姚伯母，當然也和姚宓相見。姚宓見了許先生，照常總那麼淡淡的。

第九章

這年春分前後，許彥成忽得他伯父來電報，通知侄兒：媽媽病危。許彥成和杜麗琳忙向學校請假回天津。但是他們趕到天津，許彥成的媽媽已經走了。據他伯母說，他媽媽的胃癌加重，自己覺得不好，說肚裡脹痛，只怕不行了，趁早叫彥成和麗琳回來見個面。想不到她去得很快，昨天晚上就去世了。

許彥成很傷心，覺得自己一輩子對不起媽媽，無法叫她稱心，連她臨終想見他一面，他也未能讓她如願。他大伯母安慰他說：去得快是她的福氣。彥成還是很傷感。

杜麗琳想帶女兒同回北京，小麗卻連爸爸媽媽都不認了。她已經上幼兒園，只和姑姑好，對爸爸媽媽只像陌路人。她衣服很整潔，相貌也不錯。許彥成說：「這孩子像誰呀？」

他伯母說：「就像你的父親。」

許彥成是遺腹子，當然不知道父親的相貌。他這位古怪的媽媽，不知出於什麼迷信，連照片也沒有留下一張。

杜麗琳不能哄女兒跟她回北京，痛哭了一場。

許彥成的伯父原是開診所的，解放後，私家診所取消了。伯父當了本地區醫院的內科主任，每天忙得吃飯也沒工夫，只好大口吞。幸虧晚上能回來休息，醫院有值夜班的大夫。他這天老晚才到家，見到了彥成夫婦，他們好久沒見面了。這晚上，他們一同商量怎麼爲彥成的媽媽辦後事。老太太曾經對哥嫂說，留骨灰是騙人的，只給一點點，叫人家死了也不得全屍。埋在墳墓裡呢，旁邊墳裡都是死人，死人都變了鬼了。她怕鬼，所以寧願不留骨灰，她就乾脆什麼都沒有了。許家就按照她的遺願，辦了她的後事。

杜麗琳有一枚陪嫁的鑽戒，曾交許伯母保管。她這次回天津，就問許伯母討還這枚鑽戒。許伯母忙取出這枚鑽戒還給麗琳。她對麗琳說：「這麼大的鑽石不多見的。」許伯母覺得帶著鑽戒上火車太惹眼，特爲她細針密線縫在內衣口袋裡。杜麗琳回北京後，也不敢放在那個沒有關欄的宿舍裡，只好縫一只小口袋，繫上帶子，掛在身上。她的鑽戒一直是這麼掛在身上的。直到後來再婚做新娘，才戴在手上。

杜麗琳失去了一個女兒。許彥成的媽媽雖然不喜歡他，他還是覺得失去了媽媽。兩人都含悲回學校。

第二部

第一章

一九五七年早春，全國都在響應號召，大鳴大放，幫助黨整風。陸舅舅很起勁，他對姚宓說：「阿宓啊，你瞧著吧，學生都動起來了，要上街了！」

姚太太和王正、馬任之是很要好的。王正、馬任之都親耳聽到黨關於「敞開思想，大鳴大放」的動員報告，但他們是很理性的人，有他們自己的認識。他們來看姚太太，和姚太太交換過對整風運動的個人意見。姚太太和女兒私下討論，姚宓說：「我不是黨員，不用太積極，只求『安居中游』。不過，中游也不穩當，最好少發言，只說自己『覺悟不高』，『認識不足』，總比多說話穩當。」

陸舅舅一度很興奮，很熱衷，覺著這是國家大事。

姚宓不敢把王正、馬任之他們的意思說出來，可是愛護舅舅，還是勸了一句：「舅舅，說話小心啊！」

陸舅舅說：「你小孩子家懂什麼，這可是國家大事啊！」姚宓就沒再多說。

陸舅舅沒想到早春天氣，陰晴不定，第二天醒來，風向突轉，氣候大變。他的鳴放言論，讓他犯了大錯，受到猛批。他嚇得不能睡，飯也吃不下，他病了。

姚太太有個庶出的妹妹，嫁在陳家，是姚宓的陳姨媽。她丈夫去世後，因媳婦不賢，她想投奔北京的姐姐。她從天津寫信來問是否能留她住下。

陳姨媽來了，住不了。她不如姐姐美，身材高高的，也很俊俏。脾氣性格和姐姐很相像。她和姐姐一樣，很沉靜，也很有主意，不過她特能幹。姚太太是家裡的寶貝，她一點兒不能幹。

陳姨夫性情狷介，以前因爲姚家闊，不願攀附，所以姐妹也疏遠了。這次姐妹暮年相見，都不免傷感，姚家老一輩的親人，只有她們姐妹倆了。現在姚太太已經癱瘓，走路得拄著拐杖了；陳姨媽呢，相依爲命的丈夫去世了。姐妹倆緊緊握著手，都淒然淚下。姚宓在旁想起自己父母雙全時的情景，也不免淚下。

陳姨媽第一次來姐姐家，略顯身手，做了幾個好菜。陸舅舅已病了兩天，頓頓稀飯鹹菜，不免害了饞癆，吃到可口的好菜，便放懷大吃，一下子吃得過飽，半夜起床，中風倒地了。

他是個大胖子，瘦弱的陸舅媽扶不動他，只好去找羅厚，叫他幫著扶扶倒地的舅舅。

陸舅舅實在太胖了，扶不動，而且臉色已經變了。他瞪著兩眼，伸著一個指頭，不知指著什麼東西，好像想說什麼話，卻一命嗚呼了。

羅厚急了，說：「咱們找姚伯母吧。」

陸舅媽說：「胡鬧！她是中過風的。咱們千萬不能找她，瞞她還怕來不及呢。」

陸舅媽向來是不動腦筋的，這時急了，忙想了想說：「我想起一個人來了。你陳姨媽不是老伴兒去世不久嗎，咱們這會兒守著舅舅，明天一早，我悄悄地過去問問陳姨媽。」

陸家和姚家距離相當遠。陸家住在花園深處，姚家卻住在近門口處。羅厚沒見過死人，陸舅舅面貌也實在可怕。羅厚和陸舅媽都覺得害怕，亮著燈在外間坐了一夜。第二天早上，羅厚告訴舅媽：「待在這屋裡怪害怕的，讓我過去找陳姨媽吧。」

羅厚跑到姚家，姚宓還沒醒，姚太太還沒起來，陳姨媽倒是起來了，正在洗臉漱口。她看見羅厚探頭探腦，輕聲問：「找阿宓嗎？她還沒醒呢。」

羅厚說：「陳姨媽，我舅舅不好了。」

「怎麼不好？」

「我舅舅死了。」

姚太太耳朵特聰，在裡間聽見了。她很鎮定，忙起來問羅厚：「舅舅怎麼了？」

羅厚哭著說：「他走了，我怕嚇壞了姚伯母。」

「舅媽呢？」

「她一人在家守著我舅舅呢。舅媽讓我過來問問現在我們該怎麼辦？」

陳姨媽說：「你得先找街道紅醫站驗看遺體，開死亡證明，然後到派出所在戶口簿上註銷你舅舅的名字，才能火化。他屬什麼單位，請他們來個人，幫著料理後事。」

姚太太一點兒經驗都沒有，因爲她自己是中風。

羅厚急忙打了電話，通知了民主同盟。

姚宓已經起來了。姚太太由女兒扶著同到陸家去。陳姨媽也要過去，姚太太說：「你是剛來的客人，我們都要對遺體叩頭行禮的，陸舅舅不能受你的禮，你只能算一個弔喪的客人，況且你剛下火車，該休息一下，你在這兒看家吧。」陳姨媽覺得姐姐說得不錯，就留在姚家休息。

民盟機關反右鬥爭正在火熱進行，接到電話後，答應派人來幫著料理後事。陸舅舅是犯有嚴重錯誤在受批判的對象，所以喪事從簡，一切低調處理。

姚宓母女和過來報喪的羅厚，一起到陸家，會合了陸舅媽。姚太太對陸舅媽、羅厚和姚宓等說：「單位上照例要問『家屬有什麼要求』，咱們自己識趣吧，咱們還能提出什麼要求呀！還有誰給他開追悼會嗎！咱們就說：『什麼要求都沒有，骨灰也不留。』我記得陸舅舅說著玩兒說過，他不留骨灰。陸舅媽也記得。」

姚太太又說：「咱們家裡人，磕三個頭送送就完了。」

大家同向陸舅舅的遺體告別，磕了三個頭。沈媽也跟了去的，她在兩位太太、姚宓、羅厚等一一行禮之後，也跪下叩了三個頭。

民主同盟的人很快就來了。陸舅媽把姚太太教她的一套話，結結巴巴地照說了一遍。姚太太姐妹也過來陪著招待單位派來的人。

民主同盟的辦事人員很幹練，很快就和有關各方交涉妥帖，爲陸家雇了一輛運送遺體的車，付了焚化費。

陸舅舅由陸舅媽和羅厚給穿著得整整齊齊，裝入紙棺，抬上運紙棺的車，送往火葬場。羅厚騎了車含淚陪著運送遺體的車同到火葬場。然後又飛快地騎車回家，找出陸舅舅最漂亮的照片給加急放大了，配上鏡框，由家人幫著布置了靈堂。

不可一世的陸舅舅就這樣走了，從此走了，去了，沒有了。

姚太太對阿宓說：「咱們原先是兩家同桌吃飯的，現在陸家只剩下陸舅媽和羅厚了；那邊已布置了靈堂，咱們過去吃飯合適嗎？」

姚宓說：「媽媽的意思我明白，咱們得請他們兩個到咱們這邊來。」

姚太太說：「我就是這麼想。」

陸舅媽和羅厚到姚家來同吃了晚飯。晚飯以後，羅厚老實不客氣說：「姚伯母，我不敢回那邊去了，怎麼辦？」

陸舅媽雖然沒說話，她也不敢回去了。

姚宓說：「咱們得請他們兩個到咱們這邊來吧？」

姚太太說：「我就是這麼想。」緊接著，姚太太又說：「陸舅媽和羅厚乾脆搬我們這邊來同住，兩家併做一家。」

姚宓說：「媽媽的主意真不錯！」

陸舅媽和羅厚巴不得搬過來同住。當夜陸舅媽借了一條薄被，在姚太太的榻上睡了一宿。羅厚要了一條夾被，脫了鞋，就連著衣服睡在姚家客廳裡的長沙發上。

第二天，他和陸舅媽大白天不那麼害怕了，兩人過去把日常需要的東西收拾收拾，請沈媽幫著一件一件搬過來。陳姨媽特能幹，她使喚門房幫忙，幫著打掃屋子，準備陸家搬過來。

第二章

陸舅舅去世後，原單位派來的服務員全撤走了。陸家花園，沒人收拾了。

姚太太、陸舅媽、陳姨媽、沈媽幾個女眷住在偌大一座宅院裡。日子久了，打開花園門一看，只見一片荒蕪。沈媽伺候幾位老太太吃飯，睡覺，夠忙的。她每天一早出門買菜，晚上獨自一人到大門口鎖門，只覺得汗毛凜凜，怪害怕。姚太太嘴上不說，心上也覺著悲涼犯怵。原先茂盛漂亮的陸家花園已成了一個荒園。幾位老太太要等姚宓、羅厚回家才稍稍感到些生機。可是姚宓住在學校裡，杜先生反右挨批下鄉勞動改造去了，羅厚陪許先生也住在學校宿舍裡呢，他倆週末才回家。

姚太太是個有主意的人，凡事採取主動。她知道陸舅舅單位早晚會收回陸家花園，頂多給陸舅媽安置個小住處。姚太太打算早些搬入她家的老四合院，免得臨時手忙腳亂。只是她那宅四合院，多年不住人，得好好收拾一番，才能搬進去住。於是又讓姚宓去與馬任之夫婦商量，向他們求助。

馬任之和王正向來與姚太太母女很親密，每有什麼政治運動，馬任之總叫王正過來跟她們母女打招呼，叫她們小心，別犯錯誤。他倆是負責文教工作的領導幹部，學校歸文教部門主管。

王正最近告訴姚伯母和姚宓，最高學府有些事沒做對，說：「我問過黨委有關負責人，杜麗琳一向緊跟領導，發言最正確，怎麼會發右派言論？那位負責人說，她開會的時候說，她『同意方才那位同志的話』。我問：『杜麗琳自己說了什麼呢？她同意大右派的言論，就是小右派嗎？既然和大右派的言論相同，就該是大右派啊。』那位負責人說：『她結結巴巴，學舌也不會，只說：聽黨的號召，響應號召，大鳴大放』。我說：『她的右派言論呢？聽黨的話，沒錯呀！』可是那位領導只呆著臉。我想杜麗琳是湊數弄上去的，每個單位都有劃右派的指標呀！我知道這位負責人得保全自己的面子，我也得顧全他的面子。我就笑笑說：『誰叫她說錯了話呢。錯誤既不嚴重，就對她從輕發落吧。』另外一個是政治經濟系的葉丹。他不懂馬列主義，他教政治經濟學，肯定出毛病。可是上課說錯了話，並不等於就是右派言論呀。還有歷史系一個劉先生，也是講課說錯了話，也沒有右派言論。他們三個同在一個地方勞動改造，都調回來了。」

王正接著說：「伯母，我對您是推心置腹的。我和任之當年在地下活動，全靠姚伯母和姚宓的掩護。白色恐怖最嚴重的時候，任之撤退了。我和幾個地下黨員還照常在文學社工作。伯母，您是我們地下黨的大恩人呀。姚謇先生是闊公子，人家說他把家產都敗光了。其實還不都是支援了地下黨活動嘛。他是對新中國的建立有功的。」

王正又感嘆說：「哎，生活在不斷革命的時代，日子過得眞快，一場鬥爭剛完，接著又是一場。任之和我滿心想爲伯母和姚宓做點什麼，報答一下您一家人的恩情，卻始終沒能實行。現在你們那個陸家花園已被很體面的大人物看中了，你們可能也住不下去了。我們很高興能爲姚伯母整理一下四合院，幫助搬個家，讓我們盡盡心意。」她提議這個週末就與任之陪姚宓同去看看那所四合院，不知房子多年不住人，荒成什麼樣兒了。

星期六下午，姚宓問媽媽要了大門的鑰匙，和馬任之夫婦、羅厚同去看姚家的四合院。大門是鎖得好好的，鎖上連塵土都沒有，大約是每晚巡邏的人順手拂拭乾淨了。開門一看，只見落葉遍地，雜草叢生，院子裡的幾棵樹倒還好好的，只是多年沒有修剪，都長得沒樣式了。

羅厚、姚宓和王正一群人說著話一同進去看房子。王正說：「這棵棗樹高得惹眼了，得截去一截，丁香、海棠多年沒有修剪，枝葉亂長，不成模樣了。圍牆太矮，不安全，得加高，再圍上鐵絲網。後園裡那口漚肥的大甕頭，還在原處，籬笆歪斜了，沒倒，扶扶直就行。」他們看到籬笆上結得滿滿的絲瓜、扁豆，沿牆種的南瓜、老玉米，還有幾畦菜，都枯死了。

王正嘆了一口氣又說：「眞還得感謝你們那位陸舅舅，總算把這個四合院買回來了。」羅厚想到了他死去的舅舅，也黯然淚下。大家都很感慨。

王正說：「修理房子的事交給我和任之吧。這事由我們去辦，房子收拾好了，我們也會找人來幫你們搬家。」

他們出門，又鎖上大門，王正把鑰匙放在自己的手提包裡。

姚宓家的四合院，就交由王正、馬任之派人去收拾了。王正帶著馬任之的辦事人員，加高了圍牆，又圍上可以通電的鐵絲網。房子還是好好的，因爲油漆並未剝落，只是蒙上了一層塵土，因此不用修繕。他們已經吩咐辦事人員打掃了一下，現在可以住人了。

約莫過了二十來天，就有人來爲姚家安上電話。王正通知姚家準備搬家，並且已經叫大卡車到陸家花園去幫姚家、陸家一同搬回四合院了。王正對姚太太說：「你家那四合院，都收拾妥當了，四合院大門上的鑰匙交給幫你們搬家的老王了。好在房子沒有油漆味兒，因爲原來的漆並沒褪色，洗刷一下就煥然一新。還有什麼不滿意的地方，吩咐老王就行。搬完了，給我來個電話，我家電話號碼問老王就知道。」

羅厚早把賣傢俱的錢交給姚伯母，又把陸舅媽沒用的衣服全賣了錢。他把陸舅舅的家當一一整理，發現有一只箱子裡藏個存摺，打開一看，好大一筆錢呢。陸舅媽說：「錢的事我從來不管，交給姚伯母吧。」

姚太太打開一看，果真是好大一筆錢。她叫羅厚到銀行去開個長期存摺，把以前的和以後的利息都存上，她說：「陸舅媽無兒無女，這筆錢就是她的養老金了。」她把陸舅媽的存摺收入她的首飾盒裡，和她珍貴的東西放在一處。

正值秋風送爽的好天氣，姚太太說：「咱們還等什麼黃道吉日嗎，房子既然可以住人了，咱們就搬家吧。」羅厚乾脆請了兩天假，許彥成不能幹，姚太太只叫他隨陳姨媽同到四合院去，聽陳姨媽使喚。姚宓倒相當能幹，姚太太帶了姚宓和陸舅媽同到陸家花園去看看有多少東西要搬入四合院的。

陸舅媽跟著姚太太過日子，很稱心愉快。這回臨走不禁哽哽咽咽地哭了。姚太太也很感慨，姚宓也很傷心。他們只搬走一張陸家的大床，因為這張床特考究，床頭床尾都有安放東西的地方。她們等大卡車搬走了大床，揀了些零碎物品和陸舅媽經常使用的縫紉機，另雇了一輛車回四合院。

許彥成覺得四合院裡全是女眷，如果單留羅厚陪伴，他自己一人也沒著落，所以他和羅厚就住在四合院裡做義務男僕。他們有陳姨媽和羅厚做飯，沈媽買菜。他和羅厚同住在外面一進，和姚家一處吃飯。

他看到姚宓安靜地和媽媽一起生活，阿宓近在咫尺，又遠在天邊。

第三章

姚家搬回四合院，姚太太不免觸景生情，引發出對以往生活的回憶。姚太太曾對女兒說：「阿宓，你記得嗎？咱們從前家裡用三個男傭人，三個女的。男的只兩個住咱們家，一個就是廚子，一個是看門的，另一個北京有家，每晚回家；女的呢，一個沈媽，每晚睡在我床後，有什麼要茶要水的事，可以叫她。現在只剩下沈媽一人了，唉……」母女倆一想起姚謇先生去世後那段孤寂無助的日子，就黯然神傷，悲嘆不已；如今幸得家中有陸舅媽、羅厚同住，能互相照應，心上寬慰許多。

這位同住家中的陸舅媽，有一次，無意中聽到姚太太對女兒說：

「阿宓，你是不是太勞累了，睡著了直踢被子，我蓋上你又踢開，害得我睡覺也不得安寧。」陸舅媽聽在心裡，就請教了阿宓每晚臨睡怎麼為媽媽按摩。其實那是很簡單的，她學會了，就對姚太太說：「阿宓白天勞累，讓我抱著你的腳睡可以嗎？我一個人睡怪害怕的，睡都睡不著，現在我也會按摩了，讓我睡你的腳頭，讓姚妹妹一個入睡。我挨著你，我也睡得安穩。」她從此就和姚太太一床睡了。

姚太太不願意自己的合婚床上睡個陸舅媽。她和陸舅媽同睡的是陸舅舅、舅媽的合婚床。那是一張非常考究的床，床頭床腳都能安放有用的東西。床頭呢，熱水瓶、杯子，或有什麼半夜要填肚子的點心之類，放在床頭，不怕翻倒或滾落地下。床尾呢，脫下的衣褲或可以減的被子，都放得妥帖。這張床，因為考究，沒有留在原處由羅厚出賣，卻隨著其他傢俱，一起搬入四合院了。

姚太太原有一張笨重的榻床，家裡來了女客往往在這個榻上睡。姚宓自此每次由學校回家，就和陳姨媽同睡這個榻上，也不再睡姚太太房裡了。

第四章

杜麗琳不幸劃爲右派，立即工資降了三級，限期下放勞動改造。她家阿姨，都看在眼裡，不等東家辭她，她自己辭了東家。杜麗琳送了她兩個月的工資。

杜麗琳心境不好，嘀嘀咕咕，嫌彥成不能幹，她自己親自出去置備行裝。她買了六雙棉紗襪子，三雙黑，三雙白；又買了兩雙帆布面的膠底鞋，好走路；又買兩雙方頭「懶漢鞋」，早晚穿。她收拾了一堆舊衣服，厚的薄的都有，出發前夕，塞在一只可以上鎖的鋪蓋袋裡，叫彥成卷作一卷，扛著方便。

那天晚上，杜麗琳蒙著頭哭了一夜，哭得床都震動了。許彥成的床和她的床是並排著放的，當然也一起震動。許彥成陪著她一夜沒睡。天濛濛亮了，彥成推她說：「麗琳，別哭了，哭紅了眼睛，給人家看出來，不好意思。」不料她眼睛卻不腫，原來她的眼睛是哭不腫的。可見她往常哭了，許彥成卻不知道。

麗琳把脖子上掛的那只鑽戒，脫下套在許彥成的脖子上，她說：「這只鑽戒給你留個紀念吧。我這一去，死活不知，如果能活著回來，咱倆再做夫妻，我死了呢，就送給姚宓吧。說句平心話，她是個厚道的人，寧可自己傷心也不願傷害我。」

彥成就把脖子上的鑽戒塞進內衣。他深情地摟著麗琳，在她額上親了一下說：「麗琳，你放心，我絕不乘人之危，絕不拋棄你。只是你得吃苦了，希望你好好當心自己，早回家。」

杜麗琳特別傷心，因爲彥成的擁抱從沒有像這次的溫暖。她是一個愛面子的人，拭去眼淚，趕忙收拾了行李，和同夥到安徽和河南接壤處一個貧窮地帶去勞動改造。許彥成扛著鋪蓋卷送行。人人覺得他們倆是標準的恩愛夫妻呢。

許彥成見了姚太太，把鑽戒交給她說：「這是麗琳托我保管的，我不會保管，交給伯母行嗎？」他把麗琳感謝姚宓的話告訴了姚伯母，嘆氣說：「這個杜麗琳啊，就是好出風頭，愛跟風。當時伯母警告我們的話，我能告訴她嗎？」

姚宓聽了杜麗琳的「平心話」，很是感動，她噙著淚沒說什麼。姚太太收下了許彥成交給她的鑽戒，對杜麗琳很是同情。

杜麗琳一群右派，隨帶隊的人來到皖北一個荒僻的山村落戶，初下鄉就遇上了鬧心事。那裡家家牆上都畫著大大的白圈。在行的人，就知道當地有狼。他們吃飯、住宿的兩個席棚，又不在一處，大家心上寒凜凜地害怕。

有一個人發表了他的高見。他說：「一個村子也有好幾戶人家呢，狼是合群的。如果有狼群，早把村裡人都吃光了，幾個大白圈頂什麼用呀！照我看，這裡的狼只是失群的狼，準怕我們成群的人。咱們一群人也不少呢，寡不敵眾，那一隻兩隻失群的狼，咱們不用害怕，防著點就行。」

大家覺得這話有理，出了宿舍總結隊同行。女同志都挨著壯碩而比較友好的男同志，指望他們保護。那時候，男同志還沒有消瘦。一星期左右，女同志發現，女人比男人經得起折磨。她們胖的瘦的，都還如舊，胖的沒瘦，瘦的也沒有更瘦，男同志卻開始消瘦了。也許男的勞動量比她們重吧。再往後，女同志也顯得憔悴了。只有杜麗琳，雖然曬黑了些，還照樣很美，因爲她的勞動總是最輕的，帶隊的都偏護她。

很多人願意走在她旁邊保護她呢。她對這些人很少看得上眼的。有的兩眼賊溜溜的，有的一雙眼睛好像害了饞癆。她留心挑選，中意的只有兩個人，一個比較壯碩，一個很文秀。文秀的就是那個斷定村裡沒有狼群的人。他個子高些，比另一個瘦。他對杜麗琳最冷漠，好像對這位美人漠不關心。她常看見他撿起路上碎石塊向遠方投擲，好像在練什麼本領。杜麗琳對這兩人倒是很感興趣。

天氣漸熱，這群勞改的知識分子連日連夜地蓋房子，防失群的狼夜間把睡熟的人叼去吃掉。他們蓋房子毫無經驗，房子盡量蓋得小，不至散架。先蓋的是女宿舍，男宿舍就蓋得大些了。女宿舍在西，男宿舍在東，中間有一段距離，防止男女之間出點什麼事。

大家都穿上最風涼的薄衣服。

一次，麗琳中意的那個壯碩的男同志走在她旁邊，他故意放慢腳步，落在一群人的最後面了。他站定了對麗琳說：「瞧，夕陽西下，多美啊！城市裡倒是看不見的。」

他們不敢走遠。附近有一個比較隱蔽的地方，在女宿舍西邊的大樹下。那兒有塊大石頭，可以坐兩三個人。那人帶了杜麗琳去坐在石上。他忽在杜麗琳胸口摸了一把。杜麗琳立即反手重重地打了他一巴掌，飛快逃回宿舍。她自己都驚奇，「我怎會這麼潑辣呀！」她也警惕地對自己說：「黑地裡男人會變相。看上去老實的人，黑地裡會變流氓。」

第二天，那個吃了大巴掌的人照樣對杜麗琳殷勤保護，昨夜的事好像不曾發生。杜麗琳仔細觀察，看出那人一雙眼神有點油滑，不像那個文秀的凝重。

杜麗琳存心要試驗一下，那個文秀的人黑地裡是否也會變相。她故意和那人走在最後，模仿昨天那人的話說：「看，夕陽西下，城裡是不多見的。」

那人說：「我早注意到了。乍一見，是很美，可這裡太乾燥，沒有一點雲彩，太陽一下，天就黑了，什麼都看不見了。」

杜麗琳想把他領到那個隱蔽的大樹下去坐坐。那人說：「那邊不是好地方，說不定還會碰上失群的狼。」

他忽然很聰明地問：「你是不是去過了？」

麗琳撒謊說：「沒去過。」

那人說：「那麼我警告你，誰要帶你去，你不要去，那人準是不懷好意。」他只送麗琳走近女宿舍，就急急回自己宿舍去了。

麗琳有許多話想問他，可是得另找機會了。這人叫葉丹，是本校政治經濟系的教師。麗琳和他不熟，現在卻心上念想著他。

有一天，麗琳看見葉丹捧著飯碗，在破席棚的一個風涼的角落裡吃。麗琳走過去站在他旁邊，悄悄地問：「葉丹，你結過婚嗎？」勞動隊的同夥彼此之間表示親密團結，只稱名，不稱姓，除非是單名。葉丹是單名。

葉丹說：「我沒有，不過我有女朋友。」

「有許多吧？」

「只兩個。」

「就沒有第三個了？」

「沒有了。」

「爲什麼呢？」

「第一個，不合我的理想，吹了。我又交了第二個，她也不合我的理想，也吹了。」

「還沒找到第三個？」

「不找了。有過兩次經驗，懂事了。這種事，沒意思。」

麗琳還想問，可是怕人注意，沒敢多問。

他們倆沒機會深談，麗琳心上老在跟葉丹說話，老在想他。麗琳忽然明白，她是愛上葉丹了。她細細觀察，同隊來所有的人，數葉丹最聰明，人品亦好，是她最中意的人。她只恨自己是有夫之婦，不能追求他了。

她回想當年追求許彥成，只是爲自己找個可以托付終身的丈夫，她從來沒有爲他魂思夢想。

同時，她也注意到，葉丹對她的淡漠是假裝的。他常在偷偷兒看她。一個男人深情愛戀的目光，女人會感覺到的。她做大學生的時候，課堂上，如果覺得背後有人看她，就知道誰在看她。她從不敢回頭，到下課時能看到後排的人，就知道自己感覺不錯。不知道男人有沒有這種敏感。她得小心。可是再想想，讓他知道也好啊，單相思是很苦惱的。但是怎樣才能讓他知道呢？

有一天，葉丹忽然問麗琳：「你到了這裡來，怎麼沒寄過家信？我媽已經給我來過四次信了。最近的信是八月中秋。」

麗琳到了這個勞改營，從沒想念過許彥成，從未寫過家信。他們這個勞動隊允許每月寫一次家信，但只限至親。寫信的時間很難得，不寫家信的居半數。麗琳從沒有寫過家信。許彥成不知她的地址，怎能來信呢。麗琳經常感到自己的孤單。這時聽了葉丹追問，不由得一陣心酸，眼淚簌簌地掉入飯碗。她沒帶手絹兒，只好用手背去抹。

葉丹是很聰明的人。心有靈犀一點通。麗琳愛他，他哪會不知道呢？可是麗琳對丈夫的情誼，他無從得知。下放那天，她丈夫不是扛著個大鋪蓋捲兒，提著其他行李，爲她送行嗎？麗琳是見異思遷嗎？她覺得心上矛盾嗎？她顯然很痛苦。葉丹雖然不由自主地迷戀著麗琳，他卻不願拆散別人的家庭。如果他的猜想不錯，就該及早退步抽身，他不是沒人追的。

那天他看到麗琳簌簌落淚，當時他背著席棚，麗琳在他面前。她的眼淚，沒有別人看見。他小聲說：「你趕快走吧，過一會兒人就多了。」

麗琳很聽話，連淚吞下了剩飯。

葉丹說：「麗琳，現在天越發長了，七點以後才天黑，你宿舍西頭的大樹底下，天黑了沒人，今晚八點我在那兒等你。八點。」

麗琳點點頭，急忙走了。

他們那兒五點晚飯。麗琳同屋共有三人。她們那間屋子是最先蓋的，最簡陋，也最小，鋪板上至多擠三人。男宿舍裡，一屋至少擠六七個人呢。同屋的以爲美人就有優越感，拿架子。但麗琳向來會做人，一點沒有架子，還頂會照顧人。所以三人過得很融洽。

那天晚飯以後，麗琳回屋，同屋兩人已經回來了，坐在門口乘涼呢。麗琳和她們一起乘涼，到了七點半，麗琳說：「天黑了，坐在門口危險，保不定會有狼來，咱們還是進屋去吧。」那兩人同意，三人都進了屋，把門也關上。

麗琳忽然說：「不好，我鬧肚子了，得出去拉野屎。」

同屋的人說：「能忍就忍吧，天黑了，野地裡有狼。」

麗琳說：「不行，我忍不住了。」她拿了鋪板底下藏著的棍子急急出門。

她趕到大樹底下，葉丹也剛到。他們都準時。他們就在大樹底下的大石頭上坐下。

葉丹說：「我約你來，不是爲了談情說愛，我有要緊話問你。我們得把話縮得越短越好。這裡很危險，如果給人知道了，咱們倆就永遠不能見面了。」

麗琳點點頭。

「我先問你，你和老伴兒感情很好嗎？下鄉那天，他不是扛著你的大鋪蓋捲兒送行嗎？你是不是變心了？」

麗琳說：「他不過是可憐我罷了。他無情無義，我一片癡心地愛他，他只是嫌我。他有他的意中人。」

「那麼，你應該和他離婚和我結婚。你願意嗎？」

「我不做女朋友。」

「當然，我現在好比跪著向你求婚。你答應了我，我就好比和你行了訂婚禮，好比給你戴上了一個鑽戒，從此你就是我的未婚妻了。你愛我嗎？愛我，就說：『葉丹，我愛你。』」

麗琳說：「葉丹，我愛你。」

葉丹緊緊抱住她，吻了她一下。這一吻，直吻到她心窩深處了。她是結婚多年的女人，卻從沒有體會過這種情味。

他們忽然看見一雙碧綠的眼睛在黑地裡看著他倆，眞的是狼來了。

葉丹拾起一塊石頭，向黑地裡那隻狼投擲去。那隻狼哀號了幾聲。

葉丹說：「快！快！快逃回宿舍去。」

麗琳雖然給他吻得渾身酥軟，卻很聽話，一溜煙似的奔回宿舍，推開了門。同屋的兩人，正等著她呢。見她神情異常，忙問：「怎麼了？

狼來了？」

麗琳說：「沒什麼，我害怕了。」她重重關上門，躺上鋪去，一遍又一遍重溫那一吻。

第二天，她見了葉丹，小聲問：「你沒事嗎？那隻狼沒在那等你嗎？」

葉丹說：「我也急忙逃回宿舍了。那隻狼如果還等著我，我也沒本領和它鬥了。好在咱們要說的話都說完了。」

杜麗琳和葉丹私訂終身之後沒幾天，主管他們勞動的頭頭，把麗琳、葉丹和同校一個歷史系的劉先生叫到他辦公的地方，對他們說：「你們來了快半年了吧？你們的學校召你們回去了。這裡沒一個大右派，都要回原單位了。你們三個是第一撥。你們趕緊把該辦的手續辦妥，帶了自己的東西回北京吧。」他們臨走無意向同夥告別，只麗琳和同屋夥伴兒有交情，她找了一張紙，簡略地轉述了那個頭頭的話，還留下了她自己家的地址。

他們一群人，當初是學校用大卡車送上火車的。這會兒，帶出來的行李一大堆，怎麼辦呢？

葉丹說：「咱們那許多行李還帶回去嗎？我是不要了。」劉先生和杜麗琳也都表示不要了。可是主管他們勞動的頭頭叫他們帶了自己的東西回北京。他們不敢違拗。三人各自把帶來的行李扛在肩上，夾在夾肢窩裡，提在手裡，出了勞改營。他們居然雇到一輛黃包車，於是把東西都堆在車上，三人齊用力，幫車夫拉到火車站。他們不敢把大堆行李扔在車站，怕又退回，只好都結了票。他們這才輕鬆了，三人在車上各買了一碗湯麵吃下，坐下打著盹，到了北京。他們互相商量，結票的行李，還帶回去嗎？杜麗琳是個當家的女人，她說，咱們既然千辛萬苦帶回北京了，就帶回去吧，當破爛賣掉，也值幾個錢呢。大家覺得有理，就準備把結票的行李領出來，各自帶上各自的行李，乘黃包車回家。

在火車上，葉丹只怕劉先生看破他和杜麗琳的關係，就寫了他家地址偷偷塞給麗琳。麗琳忙把葉丹的地址藏在手提包裡。

車到北京，約莫是下午五點。三人一同下車，領了行李出站，正逢小雨。劉先生和葉丹城裡有家，不住校。所以，三人就各乘黃包車，分路回家。

杜麗琳到校，正是黃昏時分，風淒雨寒，下課出校的學生不少。她一直把手提包遮著腦袋，沒碰見認識的人。車夫一口氣把車拉到許家門口，按了一下門鈴，開門的是羅厚。他正在許彥成家陪伴獨居的許先生呢。

杜麗琳問羅厚：「許先生呢？」

「出去了。」

「你怎麼在這兒？」

「是姚伯母叫我來陪伴許先生的。啊呀，我家出了許許多多事。陸舅舅去世了，他差點兒成了大右派。杜先生還記得姜敏、老河馬吧？都是大右派，姜敏自殺了，老河馬不知到了哪裡去了。」

他看到杜麗琳疲倦的臉，很知趣地說：「咱們要談的事太多了，您且歇歇，我給您做飯去。」他先給坐在沙發裡的杜麗琳沏了茶，倒了一杯，端給她。

杜麗琳沒有心情關心那幾個不相干的人。她喝了幾口茶說：「我不想吃什麼飯和菜，我只想喝熱燙燙的小米粥，喝滿滿三大碗。」

她深深吸了一口氣，閉著眼說：「哎！我總算回家了！」

第五章

一天早上，許彥成接到李先生打到姚宓四合院轉來的電話，說校內傳說你夫人和一同下放的兩位先生明天傍晚要回北京了，你是不是到車站去接接。許彥成想到杜麗琳臨走時對他說的「重做夫妻」，心裡很不是滋味，苦著臉說：「姚伯母，我眞不想去接她，叫羅厚替我去接接吧。」

姚宓耳朵和她媽媽一樣聰，許彥成和媽媽說的話她都聽見了。她接過話茬說：「許先生，你得把杜先生的鑽戒還她呀，不然的話，她會以爲咱們想私吞她的鑽戒呢。」

許彥成一想不錯，趕忙請姚伯母找出那枚鑽戒，他帶了一早趕回學校宿舍。他當初搬入四合院時，羅厚想得很周到，把宿舍屋子的窗戶都開著一條縫，他說這樣對房子和室內傢俱都有益。好在在校園裡，不怕外賊撬窗。許彥成這時走進宿舍，室內果然沒有一點兒塵土味兒。

他忙把窗戶開了，一人草草收拾了一下。他把客房床上的被單撤下，抖了抖灰塵，反過來重又鋪上，又把自己的被子和枕頭都搬入客房，讓杜麗琳獨睡臥房。

中午，他到學校後門外的小飯館去吃飯。他回校路上買了兩個麵包，睡了一個午覺，這午覺倒睡得相當熟。醒來後，又出去辦了一趟事，回來就見到了已經吃飽喝足的杜麗琳。

許彥成把塞在褲兜裡那枚繫著帶子的鑽戒往杜麗琳的脖子上一套，對她說：「你的鑽戒，快收好吧。麗琳，你怎麼不寫封信來告訴一聲？」

他挨著杜麗琳，坐在她身邊。她是剛下火車的人，身上又髒又臭，他不願碰她。

杜麗琳對他看了半天，立即起身，坐得更遠些，把她在火車上想好的話，一口氣說了出來。她說：「許先生，請你解放了我，你有你的意中人，我也有我的意中人，我和你從此分手吧。」

許彥成心裡快活，他抑制了自己，客客氣氣地說：「你的意中人是葉丹吧！」因爲送行那天，看見這位帥哥和杜麗琳在卡車上坐在一處。

杜麗琳點點頭，鄙夷地看著許彥成。

許彥成說：「我明天就走，讓出這屋子給你將來和葉丹同住。」

杜麗琳說：「謝謝你，不過眼下不行，葉丹和我還有劉先生都還得監督勞動呢。況且我和你還沒有離婚，咱們先得把離婚手續辦了。」

許彥成知道麗琳不會做飯，所以照舊到經常吃飯的小飯館去吃，然後又買兩份飯，裝在他自己帶去的飯盒裡，讓傍晚回家的杜麗琳和葉丹煮煮熱再吃。這樣，他在學校宿舍又住了一段時日。

第六章

許彥成正要回四合院那天，羅厚忽然來了。彥成把他的喜訊告訴了羅厚，羅厚「嘣」一下坐在沙發裡，又拍手，又跺腳，高興得不知怎麼好。許彥成說：「你來得正好，告訴你吧，我已經和杜麗琳辦了離婚手續。」羅厚為許老師的最終解脫出了一口氣。接下他說：「許先生可知道我怎麼會來的？」

他看著許彥成的臉說：「陳姨媽家的兒子，新娶了一個賢慧娘子，兩口子又搬了新房子。這兒子惦著媽媽，又怕媽媽賭氣不肯回去，所以親自來接了。我和沈媽跟陳姨媽最要好，都捨不得她走。可是那個賢慧媳婦說車票都買好了，明天下午的車。他們明天下午就走。我想，遠客既然只住一宿，不用再動用乾淨的床被了。我體諒陸舅媽，同時也和許先生幾日不見，很想你了。我說出城去看看許老師，兩位遠客就委屈住我和許先生的床吧。這樣我就買了點許先生愛吃的魚蝦之類出城，也是乘機來看看許先生。」

他看著眼前的床位說：「啊呀，都沒我睡覺的地方了，客房讓了你了，我得睡你的書桌上了，你只要把客房裡的被子分一條給我，我半墊半蓋就行。」

他一面就把他的新聞，一一講給許彥成聽。

羅厚說：「朱千里娶了一個悍婦很運氣。她厲害得很，誰來動員朱千里鳴放，她都趕出去。她說：『你們倒好，又來害人了！我們先生的死活，你們就不顧了嗎？不只苦了我啊！』朱千里只好一聲不響，躲在家裡，倒由此免了一場大禍。他要是鳴放，肯定放成大右派！」

許彥成聽了也開懷大笑。羅厚就用他帶來的海鮮爲許彥成做了一餐好晚餐。他經常幫陳姨媽做飯炒菜，手藝也不輸陳姨媽了。他幫許彥成做晚餐時，許彥成也幫了他一手。他們吃了一餐好晚飯，留了些飯菜給杜麗琳和葉丹。

這天晚上，羅厚細細形容了來四合院的遠客，告訴許彥成說：「你能想像嗎，那陳姨媽的兒子，形貌很像姚宓的親兄弟，怪不得一個一個女人都願嫁他呢！不過他一副精明相，和姚宓一點也不像。姚太太大約也注意到了，只管看他。陳姨媽家和姚太太家從來沒有來往。我和他們非親非故，何必夾在裡面呢。陳姨媽叫我爲她存的錢，我拿出來交還了她，請她點收。她來了姚家，沒花過一文錢，你就知道姚太太對窮妹妹多麼體貼周到。其實姚家後來並不如陳家闊了。」

許彥成當然知道，他只點點頭說：「姚太太氣派大，自己儉省，待人卻從不小氣。」

羅厚對許彥成說：「對呀，咱倆不是住在她家，吃在她家嗎？她肯受咱們的錢嗎？她那副氣派，叫我口都不敢開。我舅媽是她養活的人，舅媽的錢，她不是都爲她保管著，作爲她的養老金嗎？我舅媽只覺得有靠了。」許彥成笑著說：「我將來是姚家倒插門女婿，你是李家倒插門女婿；李家闊，不會要你費力，我可負擔著姚家的生活呢，姚宓是最孝順的好女兒。」

他們在廚下洗了碗碟，杜麗琳和葉丹就回來了。

第七章

羅厚涎皮賴臉地招呼了杜老師，問葉丹：「你們兩位準備坐在飯廳裡吃，還是就像我們站在廚房裡吃呀？」杜麗琳說：「我們在圖書館裡搬書，整理書架子，累得腰瘦背折。我們倆把你們留下的好菜分了，坐在沙發裡吃多舒服呀！」

羅厚對杜麗琳和葉丹說：「我們都擔心你們下放要吃苦了，誰知道你們是去談情說愛的，一個找到了如意郎君，一個找到了心愛的美人。」

杜麗琳馬上接話說：「你們哪裡知道我們這群倒霉蛋過的是什麼日

子，半死半活的天天受罪。說一句沒良心的話，我們乾脆死了，倒也不知不覺。人家還以爲我們多浪漫呢，勞改勞改，倒是去談情說愛了！」

許彥成問葉丹：「你爸爸是經濟學院的主任嗎？」

葉丹笑著說：「我爸爸不是主任，不過是窮教授罷了。」

杜麗琳恨恨地說：「我早打定主意了。我們倆要是留得性命回北京，再也不做倒霉的教書先生了。當然我們怕是也沒有資格了。想當年，我做校花的時候，也是好一朵校花呀。做了教書先生，胭脂、粉都不敢用了。咳，現在竟變成犯人似的了。不過，即使是勞改犯，也有個刑滿的日子，到我們勞動期滿，我們就該滾蛋了，有什麼臉做降了級的教書先生呀！我現在想想，從此我就隱姓埋名，哎，我當個大戶人家的老媽子，多享福呀！」

葉丹說：「我也在想從此改行了，你當老媽子，我開飯館，都能過日子。」

許彥成說：「別開什麼飯館，飯館不是好開的，得和流氓、癟三、混蛋打交道。我倒有個好主意，叫葉丹學照相，將來可以開個照相館，把自己最美的照片擺出來做『招牌』。」

杜麗琳說：「照相是葉丹的專長，不用學。」

羅厚說：「太好了！你們開照相館吧，你們兩個照一張漂亮的結婚照，放在櫥窗裡。你們專給明星照相，也照名人，說不定還有領導人來照標準相呢！」

杜麗琳看看許彥成：「也給名教授照相。」

許彥成笑說：「我只是普普通通的教書先生，一輩子不會出名，只是個窮教師。我預祝你和葉丹發大財！」

羅厚想不到許先生會有這麼妙的好主意。忙說：「杜先生，先把你那鑽戒賣了做本錢，買一只假鑽戒戴在手上，不比裝在口袋裡掛在脖子上強多了嗎！」

葉丹拍手叫好，他說：「我們這樣也能過日子，只求後半生兩個人能夠厮守在一起足矣。」

許彥成沒說什麼，心裡卻充滿感激，從今以後自己也能和相愛的人終身相伴。

羅厚直在旁邊拍手道喜。

葉丹隨即把他們半飢半飽，求生不能、求死不得的苦況向他們訴說。他吃著飯說，這麼好吃的飯，像是一輩子都沒吃過！你們過著好日子，世上苦人多，我們算是嘗到點滋味了！可憐我們從沒有閒工夫想想從前的日子！做不完的工，吃不完的苦，想到將來，只是一片漆黑。可是我們只怕死，只求活下去，求生的本能眞強。妙的是我們活得那麼苦，沒一個生病的，而且大家團結一致，因爲我們有公敵——失群的狼。

杜麗琳嘆了一大口氣說：「窮人是窮慣的，我們卻是忽然間從上面倒栽下去的，到現在頭還沒著地呢！」

葉丹說：「大約等我們兩個結了婚，成了家……」

大家默然。許彥成說：「你們這會兒還覺得沒有著地嗎？」

杜麗琳說：「我伸了胳膊，在四面探索，想抓到許先生建議的照相館。」四人坐在客廳裡談到夜深。

第二天早上，許彥成醒來，羅厚已經爲他們做好早飯，許彥成和他同在廚房裡吃了。羅厚說：「許先生啊，你是在伺候他們兩個！你伺候杜先生也罷了，她畢竟是你多年的老伴兒。那位帥哥，又憑什麼受你伺候呢？」

許彥成笑說：「感謝他解放了我吧。」

羅厚說：「我可看不慣，他們的勞動沒個完呢，你就老陪著他們？陪到幾時？我舅媽正忙著布置新房呢，你難道要等著和他們一對兒一起結婚嗎？」

許彥成說：「我不忍叫他們兩個沒飯吃呀。」

羅厚嘀咕說：「許先生啊，你就是心腸太好。杜先生欺負得你還不夠嗎？你眞是個扶不起的阿斗嗎？我這會兒就爲他們找個阿姨，要求住在東家吃一頓晚飯，白天爲家家幹活的阿姨肯定有。」

他說著就出門去找鄰家的阿姨，鄰家阿姨說：「有，有，現成就有一個。我去叫她。」不一會兒，果然來了一個乾乾淨淨的林媽，她先看了自己的房間和廚房，都滿意。羅厚就預付了半個月的工資，說明是伺候下鄉勞改才回來的一對未婚夫婦。林媽把宿舍那間下房打開，看了被褥都乾淨。下房只有半牆高，透氣的。她就要了一把大門的鑰匙，羅厚吩咐她多買些小米兒，連帶一天的小菜也讓她隨意買點回家。他把許先生的鑰匙給了她。

他要和許先生一起回四合院。許彥成不肯，說要當面和杜麗琳、葉丹交代清楚，馬上就回來。

羅厚說：「你留下一封信就行了。他們一對兒情人沒準兒趁你不在，就睡一床去，你管他們的閑賬！」

許彥成說：「別胡說，麗琳不過是俗氣點兒，她不輕骨頭，也不賤，別說這些胡話糟蹋她。」羅厚承認自己胡說了，他說，等許先生明天上午自己回去吧。

林媽洗了小米，煮了一大鍋小米粥。就自己鋪好了床，把帶來的一包衣服，一件一件放在床前的矮櫃子裡。

杜麗琳和葉丹都回家了，他們問，羅厚呢？

許彥成說：「羅厚爲你們找了一個林媽，叫她爲你們煮了一大鍋小米兒粥，你們不是想吃三大碗小米粥嗎？我不會洗米，只好叫你們幫我吃那又乾又陳的麵包。我也想喝小米粥了呢。」他介紹林媽見了杜麗琳和葉丹，彼此都表示滿意。

許彥成說：「已付了半個月的工資。」葉丹要還他，麗琳只說了聲謝謝。彥成接著又說：「明天一早上，我就走了，祝你們幸福快樂。」

許彥成就此和多年的老伴兒分手了。他臨走利用學校熱水方便洗了一個乾淨澡，好像把過去的事一股腦兒都沖洗掉了。

第八章

許彥成接到天津來的一封信。

信是許先生的伯父和伯母大人寫來的。原來，許彥成和杜麗琳在婚姻登記處辦了離婚手續，就給他家唯一健在的長輩大伯父母寫信，稟告此事，並說他將和姚宓小姐結婚。

伯父恭喜侄兒終於甩掉了那個俗氣美人。除了恭喜，還說爲侄兒匯上一筆錢，不是賀儀而是侄兒的一份遺產。信是伯父親筆。

信裡還附有小麗的兩張照片，照片上是小麗的近影。相貌活像許老師，和媽媽一點兒不像。小麗的照片用信紙包著，上面是許彥成伯父的附言，說孩子不願稱「小麗」，姑姑爲她改「許玉林」，她也不願意，因爲玉林分明就是杜麗琳的「琳」字。她對媽媽一點情分都沒有。

許伯父學歷是正途出身，只是沒有出洋而已。老大娶了那位性情古怪的夫人，他們簡直無法理解。但是兒子歷年寄給他們的錢，他們分文沒用，想將來用做女兒的嫁妝。

許伯母的信最長，是寫在宣紙上的，字很娟秀，許彥成從沒見過。她信中說，她的女兒向來有個使命感，說自己是上天派來伺候爹媽工作並爲他們養老的。她不嫁人，認小麗做了女兒，姑侄倆親如母女。還說她見了許彥成寄來的姚小姐照片，讚嘆說，眞是幽嫻貞靜的大家閨秀，並說彥成從前那位夫人，相貌雖然端正，卻俗在骨裡，開水沖也沖不掉的。伯母的信最後說：「目前你伯父工作忙，等過兩年退休了，我們才能得空來拜見親家。彥成你先向親家道喜並問好。」許伯母還附送了一份賀儀，說只是送姚小姐買一雙鞋襪或喜糖之費。

羅厚說：「你們眞是門當戶對，我媽媽也是老式女人，字也寫得不錯，但是只會看信，不大會寫，你伯母是洋式才女。」彥成高興地把信揣在懷裡，然後又鄭重地交給羅厚，叫他帶給姚伯母看。

姚太太看了許彥成托羅厚帶給她過目的信，隨後就收到天津許家匯來的一筆錢。她說：「這是許先生家送的聘金，我還沒有爲阿宓辦嫁妝呢！」

羅厚說：「許先生是倒插門女婿呀！這筆錢是他的『陪嫁』。」

陸舅媽笑說：「你將來也是倒插門的女婿呀！以後也像我一樣沒陪嫁！」

羅厚說：「李妹妹還小呢，我到銀行立個零存整取的存摺，四五年後也該有一份『陪嫁』了。反正舅媽放心，我是有志青年，不指望舅媽爲我辦『嫁妝』的。」

第九章

許彥成見了姚太太，姚太太悄悄地問他：「阿宓是不是只肯跟你做朋友，不願和你做夫妻？她嫌你嗎？」

許彥成說：「不會吧！」他給姚伯母問得心慌了。他滿以爲阿宓會笑著投入他的懷抱。可她卻是怯怯地直躲著他，緊跟著媽媽，寸步不離，也不抬眼看他。

許彥成急了，她不願意和他結婚嗎？他忙給王正打了一個電話，請王正到四合院兒，說有要事相商。

王正果然很快就和馬任之到了四合院。他們說：「我們來帶你們上婚姻登記處去登記。」姚宓沒有反對。

王正揀了一件秋香色的旗袍叫姚宓換上，她乖乖地換上了，又自己穿上一雙半高跟的皮鞋。她和許彥成一起上了汽車，到婚姻登記處，人並不多，據那邊的辦事人員說，再過幾天，就要大忙了，人人都要求八月中秋花好月圓的日子，所以這兩天比較閑，沒人和他們搶先登記。

王正坐在姚宓旁邊，覺得姚宓的手冰涼。馬任之坐在司機旁邊，許彥成坐在姚宓旁邊，姚宓卻貼近王正坐，盡量離許彥成遠些。他們很快就登記完畢，馬任之讓羅厚去叫一桌上好的酒席。

他們回家，陸舅媽已經把新房都布置停當了。姚太太留給女兒的大床，已經鋪上剛縫好的大紅被子。姚太太大皮箱裡藏了多年的喜事繡花枕頭，也找出來放在新床上了。這是姚太太自己的結婚床，這張床也非常考究，因爲喜事的床，總是男家買的。俗語說：「先嫁床，後嫁郎。」一年三百六十五天，三分之一的時光躺在床上。所以姚太太把自己結婚的新床，留給女兒了。這張床很別致，四圍是珠羅紗帳子，帳子裡顯得安全舒服。新房窗外搭著個窗簾，原先沒掛，這會子也換了個新的掛上了，這是一間特別安適的新房。

姚宓看了一看，就逃出來了，仍是緊緊挨著媽媽。姚太太假裝不知道馬任之通知了李先生家請他們吃喜酒。李先生來不及買禮物，只買了大包喜糖，準備改日宴請。

許彥成換上了最好的新西服。羅厚會辦事，請附近的好館子來一位最高級的廚師，挑了擔子到他們家去辦喜事筵席。店家說：「我們的廚師，再過幾天家家搶。七月十五是鬼節，做陰壽的都挑那天。八月十五是人節，辦喜事又是紮堆兒。現在是七月底八月初，恰好閑著。到人人搶的時候，就只有二等三等的廚師了。」

老廚師還記得這個姚家，他和姚家的廚師很哥們兒，不過不是一個師傅。頭等廚師，不肯做私家廚子的。

姚太太和陸舅媽已經找了一件玫瑰紅的旗袍叫阿宓試裝，她一穿果然合身。姚太太的個兒沒阿宓高，那個時期的旗袍做得長，阿宓個兒高，穿上正好，不長不短，恰恰合身。

姚太太就叫女兒洗澡，這是照例規矩。姚太太告訴許彥成，附近有澡堂。許彥成說：「媽媽，我恰巧今天早上在那邊宿舍裡洗了一個乾淨澡，連內衣也換了乾淨的。」姚太太點頭滿意。姚宓乖乖地洗完了澡，換上玫瑰紅的旗袍，由陸舅媽爲她裝新，她讓陸舅媽給她塗些她自己的胭脂。姚太太留著些不傷皮膚的好粉爲她撲上。恰好小李來了，一見這個打扮好的姚姐姐，高興地說：「姚姐姐呀，你簡直是天上掉下來的美人兒，我從來沒想到姚姐姐竟是這麼美！」

許彥成登記回來，見了姚太太，就稱「媽媽」，姚太太聽了特稱心。這時他進來迎姚太太母女去坐席。姚太太由陸舅媽扶著。姚宓不要許彥成扶，彥成便出去站在大圓桌前面等待。姚宓由李妹妹扶著出來，滿桌客人都拍手歡迎。姚太太坐留給她的空位子，挨著她的就是姚宓，旁邊是許彥成，對面是馬任之和王正。馬任之旁邊是李先生，李先生旁邊是李師母。李先生叫女兒出來斟酒，小李也換了一件紅色的新衣，圍著桌子，一一敬酒。姚太太座後是沈媽，她一年到頭爲姚家做飯。姚太太說，這回她也坐席坐個上上座兒，姚太太吃不了的請沈媽代吃。沈媽聲明：她只代吃菜，不管喝酒。酒，她也愛，可是姚小姐的喜酒席上，她多喝了發酒瘋不好。

王正看著姚宓那副害怕的樣子，忍不住說：「姚宓笑笑！幹嘛嚇得傻乎乎的，誰要吃了你嗎？」

姚宓苦著臉說：「他……」

大家等她下文，姚宓反倒不響了。

王正說：「他要吃了你嗎？」

姚宓還是苦著臉不響。

滿座哄然大笑，連姚太太也笑了。

馬任之笑著說：「老許啊，你是老師，該知道咱們孔老夫子的名言：夫子循循善誘！」

許彥成會意，他紅了臉，當眾輕輕地摟摟姚宓說：「我保證，我永遠是最溫柔的好丈夫！」大家都又笑又拍手。

正好廚師端上第一道熱菜，許彥成站起來，謝謝馬任之和王正為他請這頓喜酒。他請大家放懷喝酒，品嘗這個廚師的手藝。

李先生說：「老許啊，今天最樂和的，該是你了，我先賀你喝三杯。」

姚太太把筷子打著碗說：「老李啊，這話錯了，今天最樂和的是我！我現在有兒有女，不再是孤寡老人了！」

李先生豪爽地認錯，自己斟滿了酒，連喝三杯。李師母和小李陪喝，馬任之自己斟了酒也給王正斟了酒，也舉杯祝賀姚太太。李師母很調皮地說：「瞧丈母娘多會護女婿呀。」

姚太太舉起一個指頭，對她點了三點，意思是彼此彼此。李師母會意，自己也笑。大家在歡聲笑語中吃完了酒席，大夥把一對新人送入洞房。

客散以後，羅厚獨自一人，坐在門口，抬頭只見一彎新月，滿院寂寞得沒法兒擺布。

他只好到廚房去刷洗了杯盤碗碟，又把剩下來的菜肴折在一處燒了一開，免得餿掉。他嘗味兒倒不錯。他想，這大概就是叫花子所謂的「折籮」了。從前酒席的剩餘，酒家挑回店去，叫花子都來搶，酒家乾脆並做一大鍋，煮一煮施捨叫花子，稱「折籮」。他這鍋「折籮」，可供他家幾天的葷菜，每天添些蔬菜就行了。他一個人刷盤洗碗，把廚房收拾得乾乾淨淨，忙得勞累了，回房一覺，睡到天亮。

一老早，他就進去向姚伯母道喜，只見姚宓和許彥成已經在姚伯母屋裡問安。他說了昨天的寂寞，大家都笑了，許彥成說：「羅厚，以後我還是和你一起管大門。」沈媽平常就愛忘，昨晚更忘得乾乾淨淨了。

姚太太和女兒女婿，從此在四合院裡，快快活活過日子。

結束語

中秋佳節，李先生預備了一桌酒席，一來爲姚太太還席，二來也是女兒的訂婚酒。時光如水，清風習習，座上的客人，還和前次喜酒席上相同，只是換了主人。

許彥成與姚宓已經結婚了，故事已經結束得「敲釘轉角」。誰還想寫什麼續集，沒門兒了！

新人間253

洗澡之後

作者—楊絳
主編—湯宗勳
編輯—張啟淵
封面設計—張瑜卿
執行企劃—劉凱瑛

董事長—趙政岷
出版者—時報文化出版企業股份有限公司
108019台北市和平西路三段二四〇號一至七樓
發行專線—(〇二)二三〇六—六八四二
讀者服務專線—〇八〇〇—二三一—七〇五
(〇二)二三〇四—七一〇三
讀者服務傳真—(〇二)二三〇四—六八五八
郵撥—一九三四四七二四時報文化出版公司
信箱—10899台北華江橋郵局第九十九信箱
時報悅讀網—http://www.readingtimes.com.tw
電子郵箱—history@readingtimes.com.tw
法律顧問—理律法律事務所 陳長文律師、李念祖律師
印刷—勁達印刷有限公司
初版一刷—二〇一五年三月二十七日
初版四刷—二〇二二年八月十五日
定價—新台幣二六〇元
(缺頁或破損的書，請寄回更換)

時報文化出版公司成立於一九七五年，
並於一九九九年股票上櫃公開發行，於二〇〇八年脫離中時集團非屬旺中，
以「尊重智慧與創意的文化事業」為信念。

洗澡之後 / 楊絳著. -- 初版. -- 臺北市：時報文化, 2015.03
面；公分. --（新人間；253）
ISBN 978-957-13-6221-2

857.7 104002603

ISBN 978-957-13-6221-2
Printed in Taiwan